AF146435

Rüdiger Schneider

Frühlingssonate oder Die Liebe in Coronazeiten

Personen und Handlung sind frei erfunden, Ähnlichkeiten oder gar Übereinstimmungen mit Namen rein zufällig.

Rüdiger Schneider

Frühlingssonate oder Die Liebe in
Coronazeiten

Bibliografische Information der Deutschen Nationalbibliothek: Die Deutsche Nationalbibliothek verzeichnet diese Publikation in der Deutschen Nationalbibliografie; detaillierte bibliografische Daten sind im Internet über http://dnb.d-nb.de abrufbar.

© Rüdiger Schneider 2020
Coverfoto: www.shutterstock.com - 1055922497

Herstellung und Verlag: BoD - Books on Demand, Norderstedt

ISBN: 9783735740588

1

Robert Schumanns Klavierkonzert in A-Moll liebte ich in einer besonderen Weise. Beim ersten Satz, bei diesem heranschwebenden Sehnsuchtsmotiv, wenn das Piano nach den ersten Akkorden leise einsetzt und die Streicher hinzukommen, überwältigt mich meist eine seltsame, kaum zu beherrschende Rührung, die so übermächtig ist, dass ich mich scheute, eine öffentliche Aufführung dieses Konzertes zu besuchen. Ich konnte nicht für meine Reaktion garantieren. Es wäre mir peinlich gewesen, inmitten des Publikums das Gesicht in den Händen vergraben zu müssen. Schumann hatte sein Klavierkonzert für Clara komponiert, damit um ihre Liebe geworben. Und so stieg auch in mir, wenn ich dieses Konzert hörte, die Sehnsucht nach einer großen, unwiderstehlichen Liebe auf.

Eine Welt ohne Musik wäre für mich ein Gespenst. Ich könnte auch mit Nietzsche sagen: „Ohne Musik wäre das Leben ein Irrtum!" Musik ist Liebe, Gefühl, Sehnsucht. Sie ist eine Zauberin, die alles unmittelbar ausdrücken kann. Ja, auch die

Verzweiflung, in die ich nach einem Sportunfall zunächst fiel. Ich war gerade zweiundzwanzig, besuchte das Franz Liszt Konservatorium in Weimar. Ich saß nicht nur am Klavier, spielte auch Tennis. Und da passierte es. Ich wollte einen hohen, über mich hinweg fliegenden Ball noch erreichen, lief rückwärts, kam ins Stolpern, stürzte auf mein linkes Handgelenk, das danach gebrochen war. Eigentlich nicht besonders schlimm, aber für mich fatal. Nachdem der Bruch ausgeheilt war, hatte das Handgelenk seine ursprüngliche Geschmeidigkeit verloren, die Karriere als Pianist, von der ich geträumt hatte, war beendet, bevor sie begonnen hatte. Keine Virtuosität mehr. Es reichte nur noch zu einem mittelmäßigen Spiel.

Ich hatte damals meine erste Freundin, Nadja Adelsmann, eine Tochter aus gutem Hause, mit der ich im kleinen Kreis Kammerkonzerte gab. Sie an der Violine, ich als Begleitung am Klavier. Die gemeinsamen Konzerte waren vorbei. Für mich jedenfalls, nicht für Nadja. Sie fand eine neue Begleitung. Zuerst nur für die Konzerte, dann für mehr. Es gab mir jedes Mal einen Stich, wenn ich die Beiden sah oder traf. Die Erinnerung an vergangene schöne Stunden schmerzte. Meine bis dahin so wunderbar harmonische Welt lag in Scherben.

Ich brach das Studium am Konservatorium ab, kehrte in meine Heimatstadt Bonn zurück, begann meinen Lebensunterhalt mit Klavierstunden zu verdienen. Der Umzug von Weimar nach Bonn war rasch erledigt. Ich hatte möbliert gewohnt, nahm nicht viel mit. Ein paar Bücher, das Klavier. Bei einem großformatigen, gerahmten Foto überlegte ich eine Weile, ob es mitkommen sollte. Es zeigte einen Zweig mit Schlehenblüten. Auf einer der Blüten saß eine Biene. Nadja und ich waren auf Spaziergängen oft an dem Baum vorbeigekommen und irgendwie, was ich mir nicht erklären konnte, liebte ich diese Schlehe. Einmal, auf einem der Spaziergänge, das war Mitte März, blieb ich neben dem Baum stehen, sah Nadja mit gespielt ernster Miene an, sagte: „Nadja, ich muss dir etwas beichten."

„So was denn?"

„Ich habe neben dir noch eine weitere Beziehung."

„So? Mit wem denn?"

Ich lächelte, zeigte auf den Baum. „Mit dieser Schlehe."

Sie schüttelte den Kopf. „Du bist verrückt. Wie kann man zu einem Baum eine Beziehung haben?"

Ich konnte das Foto nicht zurücklassen, nahm es mit. Was konnte die Schlehe dafür, dass mir Nadja entglitten war?

2

Ich fand eine bescheidene Wohnung in der Bonner Südstadt. Mein Vermieter und zugleich Hauseigentümer erlaubte mir, unten neben dem Eingang ein Messingschild anzubringen: ,Milan Dragovic – Klavierlehrer'.

Meinem Vornamen ,Milan', er bedeutet ,der Liebe', hatte ich schon als Kind keine Ehre gemacht und den Eltern viel Kummer bereitet. Schon mit fünf Jahren riss ich das erste Mal von zu Hause aus, wanderte den Rhein entlang von Bonn nach Köln, bis mich nach zwei Tagen die Polizei aufgriff und mich freundlicherweise zurückbrachte.

„Warum hast du das gemacht?" wollte man wissen. In meiner Schlichtheit gab ich den Grund an. Der Vater hatte mich an einem Sonntag mit in die Heilige Messe genommen und mir waren die Worte des Priesters ins Herz gefahren: „Geht und sucht den Gottesgeist!" Und so antwortete ich auf die Frage nur: „Ich wollte den Gottesgeist finden."

Auch sonst bereitete ich den Eltern mehr Kummer als Freude. Ich blieb auf dem Gymnasium zweimal sitzen, beteiligte mich nachts an Graffiti-Aktionen, wurde erwischt, worauf der Vater, da wir nicht reich waren, Hauswände selber bereinigen musste. Ich weigerte mich, mitzuhelfen, da ich meine gesprühten Sprüche durchaus sinnvoll fand. „Nieder mit der Helmpflicht!" und „Befreit die Affen aus dem Zoo!" Mir taten die Tiere leid, die in Käfigen herumturnen mussten und die Helmpflicht ging mir auch auf den Geist. Als Jugendlicher fuhr ich auf meinem Moped lieber ohne Helm, wollte Sonne und Wind spüren und mir nicht den Kopf einschließen lassen. Stand eine Ampel auf Rot, sah ich das als Empfehlung, sah mich vorsichtig um und fuhr. Ein Großteil meines Taschengeldes ging für Bußgelder drauf.

Die Eltern bezweifelten, ob aus mir jemals ein anständiger Bürger werden konnte und hatten meinen schönen Vornamen wahrscheinlich schon mehrfach bereut.

Dass aus mir nichts geworden war, schien sich nun zu bestätigen. Mit Klavierstunden das Leben zu fristen, war mühsam. Die meisten Schüler kamen, weil es deren Eltern so gewollt hatten. Dem entsprechend war auch die Freude, die Lust, den Tasten Klänge zu entlocken. Da war keine Leidenschaft für die Musik, keine Bereitschaft zu üben. Und oft gab es auch kein Talent. Kam aber mal jemand, der die Liebe zur Musik von Herzen empfand, so sah ich bei den Stunden nicht auf die Uhr.

Um selbst in höheren Sphären der Musik verweilen zu können, verlegte ich mich aufs Komponieren, schrieb Balladen, Sonaten, Etüden. Aber wer wollte das haben, hören? Von den Musikverlagen kamen nur Absagen.

„Wir bedanken uns für Ihr Vertrauen, müssen Ihnen aber leider mitteilen, dass wir für Ihre Komposition keinen Platz in unserem Programm haben."

Wahrscheinlich hatten sie die Noten auf dem Papier noch nicht einmal in Hörbares verwandelt, sondern nur auf den Namen des Absenders geachtet. Dragovic? Wer ist das? Kennen wir nicht. Weg damit. Wäre ich ein Nachkomme Robert Schumanns, hätte die Sache wahrscheinlich anders ausgesehen. Oder einer Chopins. Da wären sie bestimmt drauf angesprungen. „Das muss was sein. Wer solche Vorfahren hat!"

Meine Vorfahren stammten indes nicht aus dem Kreis der Musik. Es sei denn, man will das Rauschen einer Mühle als Musik bezeichnen, was es in einem gewissen Sinne auch ist. Die Dragovics waren Anfang des 19. Jahrhunderts aus dem heutigen Serbien ausgewandert, waren Müller in einem Tal der Lahn gewesen, dort, wo der Schweizer Bach ein paar Kilometer vor Bad Ems durch eine enge Schlucht stürzt, um kurz vor der Mündung in die Lahn etwas ruhiger zu werden und ein Mühlrad betreiben zu können. Mein Großvater hatte die Mühle noch eine Zeit lang aus Nostalgie betrieben. Mag sein, dass es das Rauschen des Mühlrads war, das seine Frau dazu verleitete, ein Piano anzuschaffen. Aber sie war nicht besonders musikalisch wie überhaupt die gesamte Familie. Der musikalische Quantensprung war ich. Da ich die Großeltern gerne besuchte und mich oft dort aufhielt, wurde ich auch bald mit dem Klavier vertraut und sie erkannten bei mir ein besonderes Talent.

„Der Junge spielt ja wie Mozart", sagte die Großmutter. „Das wird was!"

Aber das wurde nichts. Auch nicht mit dem Komponieren. Nach der dreißigsten Absage eines Verlags war ich entmutigt. Für wen schrieb ich meine Stücke? Für die Schublade. Es war schade um das Papier.

Bei meinem dreißigsten Geburtstag war ich immer noch Klavierlehrer. Würde sich das ändern? Kaum. Mein Leben plätscherte so dahin. Ich hatte einen kleinen Freundeskreis, war dem Tennis treu geblieben, machte im Verein in der Mannschaft auch die Medenspiele mit, spielte hinreichend gut, vor allem das Netzspiel, da ich groß und schlank war, war meine Stärke. Ich nahm an regionalen Turnieren teil, kam oft bis ins Halbfinale, gewann manchmal auch einen Pokal. In der Weltrangliste aber war ich noch nicht einmal unter den ersten Tausend.

Weite, abenteuerliche Reisen konnte ich aus Geldmangel nicht unternehmen. Einmal im Leben um die Welt zu fliegen oder mit dem Motorrad Südostasien zu erkunden, blieb ein Traum. Die Wanderwege der Umgebung waren abgeklappert, reizten nicht mehr. Am Rhein auf die Schiffe zu starren, war auch nicht mein Ding. Eine richtig feste Freundin hatte ich nicht, war einfach noch nicht hingerissen von der Liebe. Ein paar Affären. Die ja. Aber von Dauer war es nie. Irgendwie, aus irgendeinem Grund konnte ich mich nicht zu einer Bindung entschließen. Entschließen? Kann man sich dazu entschließen? Müsste es einen nicht wie ein Tsunami überfallen, so dass nicht der verstandesmäßige Entschluss zählt, sondern das Herz, das gar nicht mehr anders kann?

Zu den Höhepunkten meines Lebens gehörten die Sonntagskonzerte in der Kölner Philharmonie. Hierfür hatte ich mir ein Abonnement gekauft. Es riss zwar ein Loch in meine Kasse, aber die Musik in ihrer edlen Gestalt musste sein. Um mir die überteuerten Zugfahrten zu sparen, strampelte ich mit dem Fahrrad nach Köln. Näher wäre die Bonner Beethovenhalle gewesen. Aber die sollte noch bis 2024 renoviert werden.

An einem Sonntag Anfang Januar wollte ich mir trotz einiger Bedenken Schumanns Klavierkonzert in A-Moll anhören. Zu Gast in der Philharmonie war das Sinfonieorchester des SWR mit dem Dirigenten Adil Bashvili. Am Klavier Taryn O'Brian. Von ihr hatte ich noch nie etwas gehört. Aber wer beim SWR unter Bashvili als Pianistin an den Tasten sitzen durfte, musste schon über eine besondere Virtuosität verfügen. Ich machte mir da noch keine Gedanken über sie, forschte auch nicht auf einer Website nach, die sie gewiss haben würde. Bashvili dagegen war mir bekannt. Er war der Star unter den Dirigenten und manchmal auch das eigenwillige Enfant terrible der Musikszene.

Bei strahlendem Sonnenschein radelte ich an diesem Sonntag den Rhein entlang.

3

Nur ein paar Minuten, bevor das Konzert begann, nahm ich in der ersten Reihe, die ich mir trotz meines knappen

Budgets geleistet hatte, Platz. Gegenwind hatte mein Tempo verzögert. Ich kam gerade noch rechtzeitig. Das Orchester war schon auf dem Podium und stimmte ein letztes Mal die Instrumente. Kaum hatte ich mich gesetzt, erschien die Pianistin, hinter ihr der Dirigent. Taryn O'Brian ging zu ihrem Klavier, verbeugte sich, ehe sie den Klavierstuhl zurechtrückte und sich setzte, vor dem Publikum. Ich schätzte sie auf etwa dreißig Jahre. Sie trug ein langes, geschlossenes, weißes Kleid, wahrscheinlich war es aus Seide. Im Licht der Scheinwerfer schimmerte die Silhouette ihres Körpers wie ein Schatten hindurch und schuf einen reizvollen Gegensatz zu einer auf den ersten Blick scheinbaren Geschlossenheit.

Taryn O'Brian war groß, schlank. Das rotblonde Haar, das sie im Nacken zu einem Knoten gebunden hatte, würde gelöst bis auf die Schultern fallen. Zarte, feine Züge prägten ein eher schmales Gesicht. Das Dirigentenpult stand unmittelbar neben dem Flügel, so dass sie während ihres Spiels nur kurz aufschauen musste, um einen Blick auf Bashvili zu werfen. Schumanns Klavierkonzert begann mit einem Sturz von Akkorden, wechselte dann mit perlendem Anschlag zu leiseren, sanfteren Tönen, bis die Streicher zu jenem romantischen Motiv der Sehnsucht kamen, das mich so tief berührte. Mir entfuhr ein unwillkürliches, aber hörbares Schluchzen. Ich hätte im Boden versinken mögen, holte rasch mein Taschentuch heraus, hielt es mir vor den Mund. Taryn O'Brian hatte irritiert zu mir hingesehen, der Lauf über die Tasten war für einen winzigen, kaum hörbaren Moment unterbrochen. Dann aber hatte sie virtuos weitergespielt. Bei den folgenden Arpeggien wirbelten die Finger so rasch über die Tasten, dass das Auge kaum mitkam. Schlug sie die Akkorde, bekam ihr Gesicht eine wilde Entschlossenheit. Sie warf dabei den Kopf zurück, ohne auf ihre Hände zu sehen, die traumwandlerisch in die Tasten griffen. Bei solchen Passagen rutschte sie auf dem Klavierstuhl nach vorne, hob das Becken und haute in die Tasten. Sie spielte mit Körperbetonung, nicht statuarisch.

Als die letzten Klänge des Klavierkonzerts verschwebt waren, sprang das Publikum von den Sitzen, bedankte sich mit einem tosenden, lang anhaltenden Applaus. Danach spielte sie ebenso virtuos das zweite Klavierkonzert von Brahms, und ich musste daran denken, wie Johannes Brahms Briefe an Clara, der ‚teuersten, innigst geliebten Freundin' im Rhein versenkt hatte. Sie hatte ihm seine Briefe zurückgeschickt. Die Liebe konnte eine Katastrophe sein, in Hoffnungslosigkeit enden. War es für mich auch hoffnungslos, diese Taryn O'Brian kennenzulernen? Klavierlehrer, der mit Stunden, die ihn oft langweilten, sein Dasein fristete, trifft auf einen Pianostar. War die Möglichkeit einer Bekanntschaft so weit weg wie das Sternbild des Orion von der Erde? Unüberbrückbare Lichtjahre. Mag sein. Bei meiner Rückfahrt nach Bonn ging mir Taryn O'Brian nicht mehr aus dem Sinn. Das innere Bild, das ich von ihrem Auftritt in mir trug, verklärte mir sogar das Industriegebiet von Wesseling, durch das ich auf meinem Weg nach Hause hindurchmusste. „Du bist verrückt!" sagte ich mir. „Schlage dir so etwas aus dem Kopf!"

Aber es half nicht. Ich musste immerzu an sie denken und kam zunächst zu der Überzeugung, dass es nichts anderes war als Wehmut. Denn wäre damals dieser Unfall nicht passiert, könnte ich heute genauso gut am Piano sitzen und mich vom Beifall des Publikums berauschen lassen. Aber die Eindrücke, die ich von Taryn O'Brian hatte, wollten mich nicht verlassen, und so musste ich schließlich erkennen, dass ich mich verliebt hatte. Ja, so kann es kommen. Die Liebe ist keine Frage der Zeit. Sie kann langsam entstehen. Sie kann aber auch einschlagen wie ein Blitz. Warum das so ist, weiß ich nicht. Das wird nicht über den Kopf entschieden. Wahrscheinlich ist das Herz ein spontan reagierendes Wahrnehmungs-organ. Was aber wollte es bemerkt haben? Warum konnte ich mich von den Bildern nicht mehr trennen, war ihnen verfallen, so dass sie Tag und Nacht in mir waren? Es gelang mir nicht, mich zur Räson zu rufen. Die Bilder blieben. Das Herz war nicht mit dem Vergessen einverstanden, beharrte auf dem Versuch einer Näherung.

4

Berlioz fiel mir ein mit seiner ,Symphonie fantastique'. Es war im September 1827, als Berlioz im Pariser Odéon Theater die irische Schauspielerin Harriot Smithson Shakespeare spielen sieht. Er ist hingerissen, verliebt, fasziniert und irrt monatelang im Delirium durch die Straßen. Er schreibt ihr Briefe. Sie antwortet nicht. Seine Liebe ist ohne Hoffnung. Zunächst. Er ist bedeutungslos, noch ist er bedeutungslos, Harriot aber eine berühmte, gefeierte Schauspielerin.

Da komponiert er die Sinfonie. Harriot hört sie ein paar Jahre später. Sie treffen sich, heiraten. Happyend?

Sollte ich es genauso machen wie Berlioz? Das Komponieren hatte ich lange vernachlässigt. Aber ich würde mich wieder hineinfinden. Was sollte ich komponieren? Eine Sinfonie oder ein Klavierkonzert? Bei den Sinfonien spielte das Klavier oft keine Rolle. Nur Franz Liszt hatte es einmal gewagt, Beethovens Sinfonien in Klavierpartituren umzuschreiben. Eine Sinfonie ohne Pianobegleitung wäre für mein Anliegen sinnlos. Was sollte Taryn O'Brian damit? Auf die sehnsuchtsvollen, romantischen Klänge, so wie die Violine sie hervorbringen kann, wollte ich aber nicht verzichten. Also entschied ich mich für die Sonatenform. Eine Frühlingssonate für Klavier und Violine. Letztlich war es wohl egal, wie ich das Kind nannte. Die

Hauptsache, es gefiel. Und um zu gefallen, musste es erst einmal erprobt, gehört werden. Von wem? Von Taryn O'Brian. Aber ich hatte ja noch nicht einmal ihre Adresse, um es ihr schicken zu können. Oder konnte ich sie nach einem Konzert treffen, um ein Autogramm fragen, ihr das Werk überreichen mit der Bitte, es zu prüfen? Aussichtslos? Warum sollte sie die Blätter annehmen, die Klavierpassagen der Sonate nachspielen?

Was wusste ich überhaupt über die Pianistin? Nichts. Sie konnte verheiratet sein, einen Freund haben, war vielleicht verliebt in ihre Karriere. Da störte die Liebe nur.

Zunächst besuchte ich ihre Website. Eine Künstlerin ihres Ranges musste ja so etwas haben. Die Eingangsseite war beeindruckend. Da lag sie hingestreckt in diesem weißen Seidenkleid, das die Silhouette ihres Körpers durchschimmern ließ und zugleich auch viel verbarg, so dass es nur erotisch, aber nicht anstößig wirkte. In ihrer linken, auf dem Schoß liegenden Hand hielt sie eine rote Rose. Von eben diesem Rot waren auch ihre halbgeöffneten Lippen mit einer Reihe perlweißer, makelloser Zähne. Im großzügigen Dekolleté ihres Kleides konnte man ein Amulett erkennen. Es war die Himmelsscheibe von Nebra, eine Bronzescheibe mit goldfarbenen Elementen des Tag- und Nachthimmels, mit der Sonne, dem Mond und einem Sternennetz auf moosgrünem Patina-grund. Es war die älteste kosmologische Darstellung der Welt.

Taryn O'Brian lag da, als warte sie auf einen Liebhaber. Ein raffiniertes Foto. Viel gab die Homepage nicht her. Gestaltet war sie von einem bekannten Markenlabel, verwies vor allem auf die Konzerttermine und den Kauf eines Tickets. Konzerte im In- und Ausland. Sie war gefragt, viel unterwegs. Aber einige ihrer Auftritte würde ich besuchen können. Koblenz, Düsseldorf, Essen, Mainz, Frankfurt. Privates auf der Website, nähere Informationen? Fehlanzeige. Aber dafür entdeckte ich einige Interviews mit ihr. Sie war wie ich 30 Jahre alt, geboren in Irland, in Dublin. Der Name Taryn setzte sich zusammen aus ‚Tara' und ‚Erin'. ‚Tara' bedeutete ‚Hügel'. ‚Erin' war ‚Irland'. Ein alter keltischer Name. Als sie drei Jahre alt war, wanderten ihre Eltern aus nach Deutschland. In welche Stadt wurde leider nicht gesagt. Mit sechs hatte sie als Klavier spielendes Wunderkind ihren ersten Orchesterauftritt. Die Wahl ihrer Kostüme konnte auch für Aufregung sorgen. Dann wurde ihre Virtuosität am Klavier übersehen und man lästerte über ihr großzügiges Dekolleté. Was ihr Spiel mit den Tasten betraf, war eine Anmerkung besonders reizvoll: „Sie verströmt die trügerische Ruhe einer Raubkatze, die jederzeit bereit ist loszuspringen."

5

Ich bekam diese Bilder, Taryn am Piano, nicht mehr aus dem Kopf. Sie waren wie losgelöst von meinem Willen, turnten wie ungezogene Affen in mir herum.

Ich versuchte mich mit dem Gedanken abzulenken, diese Sonate nur für mich zu schreiben, nicht für sie. Aber auch das half nicht. Schrieb ich beim ersten Satz, der das Motiv der Sehnsucht bringen sollte, die Noten auf das Papier und teilte die Passagen den Instrumenten zu, so kam unweigerlich wieder ihr Bild. Selbst wenn es nicht um den Einsatz des Klaviers, sondern der Violine ging. Wie bei

Schumanns Klavierkonzert wählte ich als Tonart Moll, wollte aber beim zweiten Satz zu Dur wechseln. Meine Spielkunst reichte noch, um den Klang des Werkes auszuprobieren, nicht aber um virtuos die schnellen Läufe, Arpeggien und Akkordblöcke in die Tasten zu bringen. Die Spielbarkeit dieser Abschnitte hätten andere zu überprüfen. Und damit landete ich wieder bei Taryn O'Brian. Wie aber sollte ich ihr das zukommen lassen? Ich hatte keine Adresse, keine Telefonnummer und würde sie auch nicht finden können. Vor allem: Was sollte ich in einem Brief schreiben?

„Liebe Frau O'Brian, in großer Verehrung für Sie habe ich eine Sonate komponiert. Ich würde mich herzlichst freuen und wäre Ihnen unendlich dankbar, wenn Sie diese auf dem Klavier spielen und mir mitteilen würden, ob sie Ihnen gefällt. Für eine Antwort wäre ich Ihnen zu größtem Dank verpflichtet."

Was für ein Unsinn! Käme solch ein Schreiben mit den beigelegten Notenblättern jemals an, würde es im Papierkorb landen. Was aber, wenn ich einen Brief schrieb wie Berlioz?

„Geliebte Taryn O'Brian! Ich habe Sie in Köln gehört. Schumanns so hinreißendes Klavierkonzert in A-Moll. Ich war hingerissen von Ihrer Virtuosität und überhaupt von Ihrer Schönheit. Ich kann an nichts anderes mehr denken und widme Ihnen die beiliegenden Notenblätter meiner für Sie komponierten Sonate. Wenn Sie die Güte hätten, die Klavierpassagen auf ihre Spielbarkeit zu überprüfen, würden Sie mich zum glücklichsten Menschen auf der Welt machen. In innigster Liebe und Verehrung, Ihr Milan Dragovic."

Ging das so oder hätte sie nicht eher den Eindruck, von einem Sturm der Gefühle überschwemmt zu werden? Ein solcher Brief entsprach zwar der Wahrheit, rückte aber gefährlich nahe an Berlioz. Das wollte ich nicht.

Also blieb nur der persönliche Kontakt nach einem Konzert. War das wirklich der Weg? Oder würde sie nicht vielmehr zögern, den Kopf schütteln und sagen:

„Tut mir leid. Das kann ich nicht. Dafür habe ich keine Zeit. Wenden Sie sich bitte an einen Musikverlag."

Gewiss wäre sie höflich, würde aber denken: „Was will dieser seltsame Kauz von mir? Wenn er komponieren kann, kann er auch spielen. Soll er das doch selbst überprüfen."

Ich könnte an ihr Mitgefühl appellieren.

„Oh, ich konnte früher auch vorzüglich spielen. Aber dann kam dieser Unfall mit meinem Handgelenk. Wissen Sie, ähnlich wie bei Robert Schumann. Um die Musik als Geliebte nicht zu verlieren, komponiere ich. Bitte werfen Sie einen Blick auf diese Blätter. Mir ist es leider versagt, die Noten in Klänge zu verwandeln. Sie können das. Sie sind meiner Sonate würdig."

Komisch, nicht wahr!? Ich musste mir etwas anderes einfallen lassen. Zunächst aber würde ich ihr Konzert Mitte März in Koblenz besuchen. Da wollte sie Chopin spielen. Stücke aus den Nocturnes, zwei Balladen und die Sonate in B-Moll, deren dritter Satz mit dem ‚Marche funèbre‘ ziemlich traurig ist. Dieser Satz wurde häufig bei Beerdigungen gespielt. Wie kam sie nur auf eine solche Wahl? Das passte irgendwie nicht zu ihr, nicht zu ihrer virtuosen Wildheit, die sie gerne zeigte. Wollte sie beweisen, dass sie auch das mahnend Besinnliche beherrschte? Dass sie ausgerechnet diese Sonate spielte, stellte mich vor ein Rätsel. Ich hatte dieses

Stück früher selbst einmal gespielt und es hatte mir tagelang melancholisch ins Gemüt gegriffen.

6

Die Arbeit an meiner Komposition lenkte mich ab, fesselte mich zugleich aber auch an Taryn O'Brian. Es war ein seltsamer, träumerischer Zustand, in dem merkwürdige Dinge geschahen. Ich verlegte Sachen, etwa mein Portemonnaie oder einen Füller, wusste nicht mehr, wo sie waren, musste sie suchen. Oder ich ging in meine Küche, wusste auf einmal nicht mehr, was ich da gewollt hatte, erinnerte mich erst wieder daran, wenn ich sie verlassen hatte. Wäre ich nicht erst dreißig gewesen, hätte ich an die ersten Anzeichen einer Demenz gedacht. Aber es war wohl nur eine tiefe Versunkenheit, die den normalen Alltag ab und zu entgleisen ließ. Dabei gab es auch einige absurde Begebenheiten, von denen ich aber hier nur eine erzählen will. Arbeitete ich an der Sonate, so trank ich dazu eine ganze Kanne Kaffee und stopfte mir ab und zu eine

Zigarette. Nun standen Tabak, Hülsen und der Schieber auf einem Tablett neben einem kleinen Aquarium mit roten Neonfischen. Zwischen Tablett und Aquarium befand sich ein Döschen mit Fischfutter. In Gedanken versunken füllte ich nicht den Tabak, sondern das Fischfutter in den Schieber, stopfte es in eine Hülse, zündete die vermeintliche Zigarette an und spuckte sofort aus.

Ich wunderte mich nicht mehr über solche Versehen, nahm sie als ein Zeichen, dass ich mich voller Konzentration bis in unbewusste Schichten im Raum meiner Sonate befand. Das konnte für die künstlerische Arbeit nur gut sein. Entstanden gelungene Werke nicht oft in einem Zustand von Trance? Alle Kräfte wurden gebunden auf ein einziges Ziel hin. Gott sei Dank fiel ich nicht wie Berlioz in ein Delirium und irrte herum. Ich kanalisierte die Energie auf die Komposition hin, vergaß irgendwann sogar, für wen sie gedacht war. Das war zwei Wochen nach dem Kölner Konzert bei der Arbeit am zweiten Satz. Sehnsucht, Liebe, Drama hoben sich im Gewand der Musik zu etwas allgemein Gültigem wie zu einem universellen Gesetz, waren nicht mehr fokussiert auf eine Person hin, hatten nicht mehr das Ziel, Taryn O'Brian zu beeindrucken, sie für mich zu gewinnen. Dennoch war sie mit anwesend, aber ich war nicht mehr so wehrlos, so ruhelos ihrem Bild hingegeben, war mehr gefesselt an meine Komposition. Setzte ich Noten und Anmerkungen, etwa zu dem Pedaleinsatz, auf das Papier, so überprüfte ich am Klavier immer wieder die Wirkung, zerriss Blatt um Blatt, korrigierte, schrieb neu, bis ich endlich mit dem Ergebnis zufrieden war.

Ende Februar hatte ich den zweiten Satz beendet, überlegte mir, wie ich die Sonate nennen sollte. Sie nur als Opus Eins zu bezeichnen, war Unsinn. Dazu hätte ich ein weltberühmter Komponist sein müssen. Der konnte sich mit einer solchen Bezeichnung zufriedengeben. Da ich beim Komponieren und wenn ich Taryns Bild vor mir hatte, mich in einer heiteren frühlingshaften Stimmung befand, nannte ich mein Werk ‚Frühlingssonate'. Es sollte eine Liebeserklärung sein an die Musik und natürlich auch an Taryn O'Brian. Ich überlegte nun auch nicht mehr, wie ich es ihr überreichen konnte. Vielleicht fiel mir etwas ein, vielleicht auch nicht. Ich dachte nicht mehr darüber nach, wie ich einen Kontakt mit ihr herstellen konnte. Es waren zu viele Unwägbarkeiten und möglicherweise auch peinliche Abweisungen damit verbunden. Ihre Konzerte besuchen aber wollte ich weiterhin unbedingt. Und so stand Mitte März eine Radtour nach Koblenz auf meinem Programm. Dieses Mal würde es von Bonn in südliche Richtung den Rhein entlang gehen. Es waren gut sechzig Kilometer, die ich zurückzulegen hatte. Das war in drei Stunden zu schaffen. Eine Karte für das Konzert hatte ich mir rechtzeitig besorgt, sie im Internet bestellt, mich über den Preis von nur 16,50 Euro gewundert und auch über die Anmerkung ‚Freie Platzwahl', was ungewöhnlich war. Das Konzert sollte im Koblenzer Görreshaus stattfinden. Es war Sitz des Staatsorchesters Rheinische Philharmonie. Das Görreshaus steht in der Altstadt. Es ist in einem altdeutsch-neugotischen Stil gebaut, gehörte ursprünglich einem katholischen Leseverein, bis der Görressaal schließlich zur Heimat der Philharmoniker wurde. Nichts gegen das Görreshaus! Aber ich war erstaunt darüber, dass Taryn O'Brian, der die renommiertesten Konzertsäle der Welt offenstanden, ausgerechnet hier spielte.

7

Berlioz' Liebe zu Harriot Smithson hatte etwas Wildes, Verrücktes, ja, ich möchte sogar sagen etwas Eigennütziges, Zwanghaftes. Die Angebetete, die ihn noch gar nicht kannte, für die er ein Fremder war, mit Briefen zu überschütten, grenzte an Stalking. Er wollte sie erobern, so wie man eine Burg einnimmt und den Widerstand der Mauern bricht. Es hatte auch etwas von einer krankhaften Eitelkeit. Von ihrer Seite vielleicht auch. Es schmeichelte ihr, dass er eine Sinfonie für sie geschrieben hatte und damit berühmt geworden war.

War das Liebe? Musste Liebe nicht uneigennütziger sein, freiwilliger, ohne Belagerung? War es nicht besser, die Geliebte, die Verehrte im Abstand zu umkreisen wie der Mond die Erde, mal sichtbar, als Sichel, Halb- und Vollmond, um dann, wieder abnehmend, in der Dunkelheit zu verschwinden? War es nicht besser, auf Distanz zu bleiben, zu warten, abzuwarten, ob sich nicht eine anfängliche Sympathie bei der Verehrten zeigte und dann vielleicht mehr wurde? Zweifellos, ich war im Schwerefeld der Taryn O'Brian so wie der Mond bei der Erde. Aber ich würde sie auch still umkreisen können, ohne auf sie zuzustürzen. War es nicht genug, ihre Konzerte zu besuchen, Freude und Berührung an der Musik zu haben, eine uneigennützige Liebe zu empfinden? Ein alter buddhistischer Spruch fiel mir ein: „Love without the lover!" Das hieß nichts anderes als: Liebe, ohne deine eigenen Interessen zu verfolgen. Liebe, gib dich diesem Gefühl hin, ohne Erwartungen für einen eigenen Nutzen zu haben! Verstricke dich nicht in Hoffnungen und Enttäuschungen! Schütze dich auch selbst und renne nicht wie ein entflammter Idiot im Delirium durch die Straßen. Sei kein Berlioz! Hast du Taryn wirklich gern, so versuche nicht, sie zu erobern. Geh aber ruhig zu ihren Konzerten. Schreibe auch die Sonate in Gedanken an sie. Erwarte, sollte sie jemals erfahren, was du da machst, keine Dankbarkeit, keine Bewunderung, erwarte einfach nichts. Die Musik an sich ist wertvoll genug. Lege in deine

Komposition die eigenen Gefühle hinein, nicht die auf Taryn projizierten. Aber ging das? Konnte das funktionieren? Meine Sehnsucht galt ihr. Komponierte ich die Sonate, so war sie gegenwärtig. Oder war ich etwa verliebt in die Liebe an sich? Ging das überhaupt oder brauchte die Liebe nicht vielmehr ein Gegenüber, ein Anschauen, eine Antwort? Verliebt zu sein in die Liebe, war das nicht zu abstrakt? Diese Abstraktheit war vielleicht für tibetische Eremiten geeignet, die im meditativen Versinken jahrelang in einer Höhle hausen konnten. Ich aber sehnte mich nach der Berührung, nach dem konkret Möglichen, nach der Wärme an weiblicher Haut. Dies aber nicht nach der Berlioz-Methode. Distanz, Abwarten, Freiheit, Freiwilligkeit waren besser. Und so beschloss ich, die Konzerte von Taryn O'Brian zu besuchen, mich an ihrer Musik zu erfreuen, ohne hochgespannte, eigennützige Erwartungen zu haben und in Enttäuschungen zu fallen. Dass sie in meiner Sonate gegenwärtig war, das war kein Fehler. Das war sogar eine Bedingung, eine Voraussetzung, damit die Komposition gelingen konnte. Ohne konkrete Anschauung, ohne das Bild von ihr ging es nicht.

Vielleicht, so überlegte ich, war es sogar besser, diese Musik für mich zu behalten, sie niemandem zu zeigen, sie niemanden hören lassen. Aber war die Musik für so etwas geeignet? War sie nicht darauf angelegt, auch für andere und gerade für andere hörbar zu werden? War sie nicht eine unmittelbare Brücke von Mensch zu Mensch? Als Ausdruck einer liebevollen Verehrung dürfte ich meine Komposition überreichen. Ohne Erwartungen. Ich hatte keinen Plan, wusste noch nichts.

8

Ich freute mich auf das Konzert in Koblenz. Aber es war gefährdet. Die Angst vor dem Corona-Virus griff um sich, Veranstaltungen wurden abgesagt, Cafés, Restaurants, Kneipen geschlossen, ebenso Schulen und Kitas, Grenzen dichtgemacht. Die Kirchen waren leer. Das gesellschaftliche Leben war lahmgelegt, die Kultur auf dem Abstellgleis. Viele blieben in freiwilliger Quarantäne zu Hause, igelten sich ein. Freunde begrüßten sich mit den Füßen oder Ellenbogen oder trafen sich nicht mehr. Die Angst vor Ansteckung war weit verbreitet, hatte die Menschen gefangen. Täglich, ja sogar stündlich, wurde es grotesker. Hustete jemand in einem Zug, wurde dieser angehalten. Ich hielt diese Panik, diese Hysterie für völlig übertrieben, ja sogar für eine spezielle Form des Wahnsinns. Schließlich kannte man dieses Virus schon seit 2002. Da war es in Gesellschaft mit den Grippeviren entdeckt worden. Fernsehen und Radio hatte ich ausgeschaltet, wollte nichts mehr sehen und hören, nichts mehr von dem Irrsinn wissen. Ich hörte lieber klassische Musik, komponierte weiter meine Sonate, erprobte Passagen auf dem Klavier. Und vor allem dachte ich: Liebst du mit deinem Herzen, stärkt es auch dein Immunsystem. Die Angst dagegen schadet. Dieses blöde Virus existierte nicht für mich. Ich dachte lieber an Taryn O'Brian.

Mehrmals am Tag sah ich im Internet nach, ob man das Konzert vielleicht abgesagt hatte. Aber selbst am 14. März, dem Tag des Konzerts, war davon nichts zu sehen, obgleich es da schon von Seiten der Koblenzer Gesundheitsbehörde hieß, dass Versammlungen mit mehr als 75

Personen untersagt seien. Der Konzertsaal im Görreshaus aber fasste erheblich mehr. Und wenn Taryn O'Brian auftrat, würde es gewiss ausverkauft sein. So setzte ich mich also an einem Samstagnachmittag auf das Fahrrad und fuhr bei schönstem Frühlingswetter nach Koblenz.

Das Konzert sollte um 19.30 Uhr beginnen. Gegen Sieben lehnte ich mein Rad an eine seitliche Fassade des Görreshauses, schloss es ab, begab mich zum Eingang. Dort begrüßte mich der Intendant mit Handschlag.

„Sie sind der Erste, der kommt", sagte er.

„Das Konzert findet statt?"

„Aber ja. Das ziehen wir durch. Sie müssen sich nur im Foyer in eine Liste eintragen, mit Namen, Adresse und Telefonnummer. Das ist eine Auflage der Gesundheitsbehörde, falls ein Besucher mit Corona infiziert ist. Dann hat man auch Ihre Daten und kann Sie untersuchen. Wundern Sie sich bitte nicht über die zwei Meter auseinander stehenden Sitze. Das ist eine Auflage der Behörde. Ich begleite sie jetzt ins Foyer. Da gibt es leckere Weine."

Ich ging mit dem über seinen ersten Besucher erfreuten Mann auf einem roten Teppich die Treppe hoch ins Foyer, bestellte mir ein Glas Burgunder.

„Sagen Sie", meinte ich, als er mir den Wein einschenkte, „da haben Sie mit Taryn O'Brian ja eine hochkarätige Besetzung am Piano."

„Sie wundern sich darüber?" fragte er und ohne eine Antwort abzuwarten fuhr er fort: „Ja, ja, kann ich verstehen. Aber das ist ein besonderes Konzert. Mit Musik gegen die allgemeine Panik. Taryn spielt oft für die Rheinischen Philharmoniker. Hier hat ihre Karriere angefangen. Eine alte Treue sozusagen. Sie gehört noch immer mit dazu, wohnt ja auch in Koblenz."

„In Koblenz?" entfuhr es mir überrascht.

„Ja, in Koblenz. Warum fragen Sie?"

„Nur so. Ich dachte, Pianistinnen ihres Ranges wohnen in London, Paris oder New York."

„Nein, nein, da täuschen Sie sich. Koblenz ist auch schön."

Ich stellte mich mit dem Wein an einen der Tische im Foyer, beobachtete den Eingang, erwartete noch mehr Besucher, aber da kamen nur noch zwei ältere Damen, denen das Sterben am Corona-Virus offensichtlich auch egal war.

Ich brachte mein Glas zurück an das Getränke-Buffet, fragte den Intendanten:

„Das Konzert findet statt?"

„Aber ja! Wenn sonst niemand mehr kommt, spielt sie eben vor drei Besuchern. Darf ich Ihnen noch ein Programmheft für unsere Mendelssohn-Tage verehren? Kostet einen Euro. Dann haben wir wenigstens wieder ein bisschen Geld in der Kasse."

Ich kaufte ein Programmheft, ging in den Konzertsaal, der mich mit seiner Atmosphäre angenehm überraschte. Von der holzgetäfelten Decke hingen riesige Kronleuchter herab, gaben ein angenehmes, warmes Licht. Die Wände waren mit altdeutschen Dekorationen und Sprüchen geschmückt. Der Saal mit seinen Holztäfelungen schien mir so recht geeignet für ein anheimelndes Kammerkonzert. Mit dem Intendanten zusammen waren wir gerade mal zu Viert. Aus Angst vor dem Corona-Virus war sonst niemand gekommen. Viele Besucher hatten ihre schon bezahlten Tickets verfallen lassen.

Ich hatte in der vorderen Reihe Platz genommen, hatte einen nahen, freien Blick auf die Tasten des Klaviers. Und dann stand sie plötzlich in einem schwarzen Kleid im Rahmen der Eingangstür. Als sie das Publikum sah, spielte eine leises Lächeln um ihre Lippen. Vor so wenigen Menschen hatte sie wohl noch nie gespielt.

9

Ich schaute gebannt zu, wie sie leichtfüßig, fast schwebend zum Klavier schritt, dort stehen blieb, sich zu uns hin verbeugte, den Klavierstuhl zurechtrückte, sich setzte. Notenblätter oder ein Tablet mit den Noten, wie es sonst oft üblich war, hatte sie nicht dabei. Sie kannte die Stücke auswendig.

Taryn O'Brian begann mit einer Miniatur aus Chopins ‚Nocturnes', mit einem melancholischen Stück, das man als ‚Musik des traurigen Lächelns' bezeichnen konnte. Es war ein Klaviergesang, der in einen schwebend träumerischen Zustand versetzte. Mit virtuoser Sicherheit eilten die Hände der Pianistin über das Tastenfeld. Sie spielte zurückhaltend, nicht mit jener Wildheit, die mir bei den Akkorden des Kölner Konzertes so aufgefallen war. Von den insgesamt 21 Nocturnes hatte sie vier in diesem romantisch-melancholischen Ton ausgesucht. Diese Nocturnes erinnerten an Seufzer, Klagen, an das wehmütige Gesäusel eines Zephirs und waren doch von einem Zauber umgeben, wie er Chopin so eigen war.

Es folgte Chopins Ballade in g-Moll, ebenso melancholisch gefärbt, woran auch der mit seinen Doppeloktaven furios ausklingende Teil nichts änderte. Mit Bewunderung beobachtete ich das virtuose, souveräne Spiel der Hände, blickte auch wie in einen Traum versunken auf die Pianistin und wünschte mir nichts mehr als die Möglichkeit einer Begegnung.

Nach Chopins Ballade kam eine Pause. Ich begab mich vom Konzertsaal ins Foyer. Warum nicht noch ein Glas Burgunder? Chopins Musik, seine Klänge hatten mich in eine seltsame Melancholie geführt, in ein Gefühl des ‚paradise lost'. Es war mir, als stünde ich einsam auf einer nächtlichen, mondbeschienenen Wiese.

Ich ließ mir am Buffet noch ein Glas füllen, stellte mich damit an einen der

Stehtische, stand wie verloren dort. Die beiden älteren Damen waren im Konzertsaal geblieben. Nur der Intendant hielt sich hinter dem Buffettisch auf, hatte sich selbst ein Glas gefüllt, betrachtete sinnend die verwaiste Reihe der Gläser und Flaschen.

Und dann tauchte plötzlich sie auf. Taryn O'Brian. Sie ging zum Buffet, ließ sich ein Glas mit Wasser geben, sprach, was ich aus der Entfernung nicht verstehen konnte, mit dem Intendanten.

Ich dachte: „Jetzt oder nie! Das ist die Gelegenheit." Ich leerte in einem Zug mein Glas, ging zum Buffet, stellte mich neben die Pianistin.

„Ich hätte gerne noch ein Glas von diesem vorzüglichen Burgunder", sagte ich zu dem Intendanten. Dann wandte ich mich an Taryn O'Brian.

„Danke, dass Sie trotz dieser absurden Krise spielen. Gerade jetzt braucht man die Musik."

Was Besseres war mir nicht eingefallen. Ich war froh, dass ich überhaupt meinen Mund aufgemacht hatte.

Ich sah in meergrüne Augen, die mich freundlich musterten.

„Danke, dass Sie gekommen sind! Es wäre ja sehr seltsam vor völlig leeren Plätzen zu spielen. Ich habe noch nie das Publikum gezählt. Dieses Mal war es einfach. Bis drei geht rasch."

Sie schien Humor zu haben. Keine Starallüren. Das machte mich mutiger. Aus dem Internet kannte ich ihren Konzertplan. Nächste Woche war Essen dran.

„Was ist mit Ihrem Auftritt in Essen?" fragte ich. „Findet das statt?"

„Nein, leider nicht. Bis Mitte April ist alles abgesagt. Wahrscheinlich auch für länger."

„Schade!" bemerkte ich. „Ich hätte gerne mehr von Ihnen gehört. Im Januar war ich übrigens in der Kölner Philharmonie dabei. Klavierkonzert in A-Moll. Hat mich sehr beeindruckt."

„Ich weiß", sagte sie. „Es war ja zu hören."

„Tut mir leid", entschuldigte ich mich. „Aber dieser Schumann geht mir einfach zu nahe."

„Ach! Warum denn?" wollte sie wissen.

Ich wich der Wahrheit aus. Die wäre gewesen: „Weil ich diese verdammte

Sehnsucht nach Liebe spüre. Ich komm nicht dagegen an."

„Warum? Ja, warum? Weil es mich immer an Schumanns Schicksal erinnert. Kann nicht mehr Klavier spielen, weil er sich die Finger mit seinen Übungsmethoden ruiniert hat. Da blieb ihm nur noch das Komponieren. Mir geht es leider ähnlich. Handgelenk gebrochen. Noten schreiben kann ich noch. Aber so richtig überprüfen, was ich da komponiere, das geht nicht mehr. Daran hatte ich mich bei Ihrem Konzert erinnert. Es ist in diesem Moment einfach so über mich gekommen."

Taryn O'Brian legte die Stirn in Falten, musterte mich wieder für einen Moment. Ihr Gesichtsausdruck war nicht unfreundlich. Ihre Augen schienen sogar zu lächeln. Ich machte eine wegwerfende Handbewegung, sagte: „Na ja, ist ja eigentlich uninteressant. Sollte ich noch mal das Klavierkonzert hören, werde ich still sein. Nicht noch einmal diese Sentimentalität."

„Warum nicht?" fragte sie. „Ist Sentimentalität falsch? Was komponieren Sie denn?"

„Ich vertone Uhlands ‚Frühlingsglauben', schreibe eine Sonate für Klavier und Violine." Ich zitierte zwei Zeilen aus Uhlands Gedicht: „Die Welt wird schöner mit jedem Tag, man weiß nicht, was noch werden mag."

Taryn O'Brian lächelte amüsiert. „Na, das passt ja!" meinte sie. „Das richtige Gedicht für die Corona-Krise."

„Mag sein. Hoffentlich passt auch die Musik."

Sie zögerte einen Augenblick, und dann kam das nicht Erwartete.

„Sie haben die Noten?" fragte sie.

„Es ist noch nicht fertig. Der abschließende vierte Satz fehlt noch."

„Gut", meinte sie. „Es würde mich interessieren. Solche Sonaten sind selten. Sie kennen die Einladung der Rheinischen Philharmonie zu den Orchesterproben? ,Nah dran' nennt sich das. Es ist für Musikliebhaber, die dem Orchester einmal über die Schulter schauen wollen. Nächste Woche bin ich dabei. Es ist hier im Görreshaus, am Dienstag. Bringen Sie Ihr Notenheft mit, wenn Sie wollen."

Ich nickte überrascht, murmelte: „Ja, mach ich."

„Na, dann!" sagte sie. „Bis nächste Woche."

Chopins trauriger Begräbnismarsch, der im zweiten Teil ihres Auftritts folgte, hinterließ dieses Mal keine Melancholie bei mir. Als ich im Dunkeln zurück nach Bonn radelte, summte ich Schumanns ‚Frühlingssinfonie‘ vor mich hin und sagte: „Danke, liebes Corona-Virus!"

10

Voller Enthusiasmus überarbeitete und vollendete ich die Frühlingssonate. Beim ersten Satz musste ich aufpassen, nicht zu nahe an Schumanns Klavierstück zu rücken, sondern das Motiv einer unwiderstehlich aufsteigenden Sehnsucht mit einem Dialog zwischen Violine und Klavier zu gestalten. Als Vorbild für die Melodie nahm ich das keltische ‚Scarborough Fair‘, jenes alte Lied voller Sehnsucht, aber auch mit dem einfachen und zugleich rätselhaften Text.

"Are you going to Scarborough Fair? Parsley, sage, rosemary and thyme, remember me to one who lives there, for once she was a true love of mine."

Ich variierte die schlichte Melodie zu einer eigenen Komposition, wollte kein musikalischer Dieb sein. Kein Nachahmen, sondern eigenste Empfindung. Ich las auch noch einmal den Briefwechsel zwischen Clara Wieck und Robert Schumann, diese poetische Sprache des Herzens, eine Sprache, die man in meiner, sich modern nennenden Zeit des Smartphones und der SMS nicht mehr würde finden können, die aber für mich die wahre Öffnung der Gefühle bedeutete. Dazu, wie konnte es anders sein, hatte ich Taryns Bild vor Augen mit ihrer Schönheit und dieser wilden Femininität, wenn sie die Klangkaskaden in die Tasten schlug. Der erste Satz kam nicht nur sanft daher, sondern brachte auch die Akkorde, die am Piano die allerhöchste Virtuosität erforderten. Inmitten der Sprache der Sehnsucht flammten diese Akkorde als Arpeggien, als rasche Folge, trotzig auf, als wollten sie sagen, ich bin zu stark um zu verebben, ich bleibe.

Im zweiten Satz brachte ich eine gelassen dahinschwebende Melodie in einem gemäßigten Tempo wie es etwa dem zweiten Satz von Mendelssohns italienischer Sinfonie entsprach, ein Andante con moto. Das Herz ruhte in sich und öffnete sich zugleich wie eine sich entfaltende Blüte zur Geliebten hin.

Im dritten Satz griff ich leitmotivisch wieder das Motiv der Sehnsucht auf, wurde im Tempo aber schneller. Violine und Piano waren nicht mehr in einem abwechselnden Dialog, sondern gaben sich gemeinsam der Melodie hin.

Im folgenden vierten Satz kam mir das Bild einer von Bienen umsummten Schlehe mit ihren weißen Blüten vor Augen. Dieser Satz war im Tempo der schnellste, endete mit einer jubelnden Kadenz von Akkorden und spiegelte die Kraft des Frühlings, wenn sich die Natur unwiderstehlich dem Winter entzog.

Ich schrieb die Noten in Reinschrift ohne die zahlreichen Anmerkungen und Korrekturen, schob die Blätter in einen großen Umschlag, den ich Taryn O'Brian nach der Orchesterprobe überreichen würde. Einen Tag vor der Probe im Görreshaus war meine Arbeit beendet. Ich hatte mich schon Tage zuvor beim Büro der Rheinischen Philharmoniker angemeldet und hoffte, dass der Corona-Irrsinn mir nicht dazwischen käme. Aber man beruhigte mich. Für das Orchester gelte, dass die Stühle zwei Meter Abstand voneinander haben mussten, was dem Klang jedoch nicht schaden würde. Die Probe würde stattfinden. Ob aber auch das Konzert, für das die Generalprobe gedacht war, durchzuführen sei, würde in den Sternen stehen. Eher nein. Aber das würde die Philharmoniker nicht vom Üben abhalten. So radelte ich also am Dienstag wieder von Bonn nach Koblenz, hatte den Umschlag mit der Frühlingssonate in einer Tasche auf dem Gepäckträger. Petrus meinte es gut mit mir. Der Regen der vergangenen Tage hatte aufgehört. Schäfchenwolken, zwischen denen sich die Sonne zeigte, trieben am Himmel dahin und es war frühlingshaft warm. Bei aller Freude über das Treffen mit der Pianistin war ich zugleich auch aufgeregt und nervös. Was würde sie von meiner Sonate halten? Würde sie mein Frühlingsstück nur aus Höflichkeit entgegennehmen oder auch spielen? Und wenn sie es spielte, würde sie sich danach auch melden? Diese Fragen begleiteten mich nach Koblenz.

11

Straßen und Radwege waren fast menschenleer. Deutschland stand kurz vor dem ‚Lock Down'. Die meisten Menschen begaben sich freiwillig in Quarantäne, blieben zu Hause. Die Situation hatte auch etwas Unheimliches, war wie im Auge eines Taifuns. Ich wusste selbst nicht, war das alles übertrieben, Hysterie, Panikmache oder war die Gefahr real. Die statistische Mathematik schien zu beruhigen. Von 83 Millionen Einwohnern waren 0,008% mit dem Virus infiziert. Aber die Kurve sollte exponentiell steigen. War das bei den Grippewellen der vergangenen Jahre nicht viel schlimmer gewesen? Hatte man da Grenzen dicht gemacht, Flughäfen, Schulen, Kitas, Geschäfte geschlossen, die Bürger aufgefordert zu Hause zu bleiben, alle Veranstaltungen abgesagt? Nein!

Ich konnte die Gefahr nicht einschätzen, hoffte, dass die Rheinischen Philharmoniker der allgemeinen Panik trotzten und ihre Probe durchzogen, so wie am vergangenen Samstag die Musik sich behauptet hatte. Ich rechnete es Taryn O'Brian hoch an, dass sie sich, obwohl nur drei Besucher gekommen waren, ans Klavier gesetzt hatte. Sie hätte das Konzert auch absagen können und jeder hätte dafür Verständnis gehabt. Von Starallüren war sie offensichtlich frei und ihre Website vermittelte da einen falschen Eindruck. Auch dass sie in der Pause des Konzertes ins Foyer gekommen war, statt sich Backstage zurückzuziehen, vermittelte nicht den Eindruck, dass man es mit einem unnahbaren Weltstar zu tun hatte. An dem Gespräch mit mir schien sie wirklich interessiert und auch das Interesse an meiner Komposition schien nicht nur eine höfliche Geste gewesen zu sein.

Aber jetzt musste ich damit rechnen, dass meine Frühlingssonate unbeachtet in der Schublade liegen blieb. Musik scheitert an einem Virus. Absurd. Hätte man nicht gerade jetzt überall musizieren sollen? So wie die Vögel es am Morgen taten, wenn die Sonne aufging?

Was ließ den Menschen so verstummen und ängstlich reagieren? War er erschrocken darüber, dass ein kleines unsichtbares Virus die Welt lahmzulegen schien? Der Mensch war gewohnt, alles planen und manipulieren zu können. Und auf einmal ging das nicht mehr. Ein

Schock. Das Mittelalter schien den Menschen eingeholt zu haben. Damals, als die Pest in Europa wütete und die Leichenkarren durch die Straßen zogen. Man sah sich einem unsichtbaren Feind gegenüber. Der französische Präsident Macron hatte sogar gesagt, man befände sich mitten im Krieg. In welchem eigentlich? Scheiterte jetzt der Hochmut des Menschen, alles mit Technik beherrschen zu können? Scheiterten jetzt der Materialismus und die Überheblichkeit des Rationalen? Scheiterte jetzt auch die Musik? Sollte sie verstummen? Zumindest für eine Weile? Ich mochte mich mit diesem Gedanken nicht abfinden und hoffte, dass Taryn O'Brian und die Rheinischen Philharmoniker einer aus den Fugen geratenen Welt die Musik entgegensetzten.

Gegen Mittag am Dienstag, den 18. März, noch eine halbe Stunde vor dem Beginn der Generalprobe, hatte ich das Görreshaus erreicht, lehnte mein Rad wieder an die seitliche Fassade, schloss es ab, nahm die Tasche mit meiner Sonate vom Gepäckträger, begab mich zum Eingang, drückte die Klinke. Die Tür war verschlossen.

„Sie werden noch kommen", dachte ich. „Du bist viel zu früh." Die Probe war für zwölf Uhr angesetzt. Jetzt war es gerade mal halb Zwölf. Also wartete ich, spazierte vor dem Görreshaus auf und ab, sah immer wieder auf die Uhr. Wann würde der erste Philharmoniker eintreffen? Die Minuten verrannen. Niemand kam. Also hatte die Gesundheitsbehörde die Probe verboten. Um zehn vor Zwölf war die Tür immer noch verschlossen, der Platz vor dem Görreshaus menschenleer. Die Überreichung meiner Frühlingssonate schien gescheitert.

12

Ich sah immer wieder auf das Fahrrad, das einsam an der Fassade stand, sah auf den Gepäckträger, auf den ich wieder die Mappe mit der Sonate klemmen würde. Mich beschlich ein seltsames Unbehagen. Deutschland war wie gelähmt. Die paar Freunde, die ich hatte und mit denen ich manchmal Tennis spielte, igelten sich zu Hause ein, waren aus Angst vor dem Virus in freiwilliger Quarantäne. Besuch war unerwünscht. „Separieren Sie sich!" war die von der Regierung ausgegebene Devise. Auch Tennis spielen ging nicht mehr. Die Halle war geschlossen. Ich konnte nur noch telefonieren. Und jetzt auch noch die Musik. Kein Konzert mehr, keine Probe. Niemand würde kommen. Es war fünf vor Zwölf. Ich hob resigniert die Schulter, ging zum Fahrrad, legte die Mappe auf den Gepäckträger, schaute sie enttäuscht und versonnen an. Da lag nun das, woran ich voller Freude und Hoffnung gearbeitet hatte und käme nun wieder mit nach Bonn.

Ich zuckte zusammen, als mir plötzlich jemand auf die Schulter tippte, drehte mich um. Vor mir stand Taryn O'Brian.

„Also doch!" sagte sie. „Sie sind gekommen."

Für einen Moment war ich sprachlos, wusste nicht, was ich sagen sollte, sah sie überrascht an.

Sie musste meine Verwunderung bemerkt haben, lächelte.

„Die Probe fällt aus", sagte sie. „Stillstand. ‚Nah dran' gibt's vorerst nicht mehr. Ist das nicht eine Ironie? Jetzt gilt eher ‚weit weg', Abstand halten. Sind Ihre Freunde auch so?"

„Ja" antwortete ich, wollte schon hinzufügen „Es ist zum Kotzen!", besann mich aber, änderte es um in ein milderes „traurig, wenn man auf einmal so isoliert wird."

„Jaaa. Wissen Sie, warum es dieses Chopin-Konzert letzte Woche gegeben hat?"

„Der Intendant hat es mir erzählt."

„Ja, man muss mit der Musik dagegenhalten, Trost durch die Musik, sonst bringt einen die Angst um. Eine seltsame Zeit. Außerdem spielen da manchmal auch private Angelegenheiten eine Rolle."

Ich scheute mich zu fragen: „Welche Angelegenheiten?" Es kam mir zu indiskret vor.

Sie zeigte auf die Mappe. „Die Sonate?"

„Sie wollen sie sehen?"

Sie lächelte wieder. „Nicht nur. Auch hören. Darf ich?"

„Aber ja."

Ich gab ihr die Mappe, die ich noch nicht eingeklemmt hatte, und fragte: „Sie hatten damit gerechnet, dass ich kommen würde?"

„Ich war mir ziemlich sicher. Sie sind ja auch zu dem Konzert gekommen."

Sie öffnete den Deckel, überflog das erste Notenblatt mit der Überschrift.

„Frühlingssonate, schön!" bemerkte sie. „Wie kann ich sie erreichen? Telefonisch? Sie wollen doch sicher wissen, wie sich das spielen lässt."

„Mein Name, Telefonnummer und Adresse stehen hinten auf dem letzten Notenblatt."

Sie drehte das Konvolut um, las laut die Rückseite des letzten Blattes.

„Milan Dragovic, Bonn, Bonner Talweg. Sie sind von dort mit dem Fahrrad gekommen?"

„Ja, Training, Bewegung." Mein beschränktes Budget wollte ich nicht zugeben. Aber warum eigentlich nicht? War Armut eine Schande? Wer der Kunst diente, war nicht auf Rosen gebettet. Meistens jedenfalls. Und so ergänzte ich: „Nein, nicht nur aus sportlichen Gründen. Ich schlage mich mit Klavierstunden durch. Die Bundesbahn ist teuer."

Ich hätte mich auch mit dem Corona-Virus herausreden können. Etwa mit der Bemerkung „auf dem Radweg wird man nicht angesteckt." Aber sollte sie doch gleich wissen, wie es um mich stand. Eben nicht anders als in Grillparzers Erzählung

‚Der arme Spielmann'. Nur mit dem Unterschied, dass ich mich mit dem Klavier nicht auf die Straße stellen und Münzen einsammeln konnte.

Sie kommentierte mein freimütiges Bekenntnis nicht, drehte die Blätter wieder richtig herum, schloss die Mappe.

„Ich melde mich", sagte sie. „Danke für die Sonate."

Ich sah ihr nach, wie sie davonging, den Torbogen passierte und verschwand. Hätte ich sie zu einer Tasse Kaffee einladen sollen? Aber wo? Ich kannte mich in Koblenz nicht aus. Sicherlich waren die Cafés auch geschlossen wie so vieles in diesen Tagen.

Ich schwang mich auf das Rad, wusste noch nicht, ob ich meiner Hoffnung freien Lauf lassen sollte, und es kamen mir sogar Zweifel, ob die Sonate wirklich gut war. Vielleicht würde sie sich gar nicht bei mir melden, scheute die Kritik an meinem Werk. Sie war ja zu nichts verpflichtet. Ihr „Ich melde mich", konnte so dahingesagt sein. Aber wäre sie dann überhaupt gekommen? Das hatte mich ziemlich überrascht. Das war ungewöhnlich. Was nur hatte sie veranlasst? Mir eine Enttäuschung zu ersparen? So wichtig konnte ich nicht für sie sein. Aber zunächst einmal war die Geschichte gut verlaufen. Jetzt musste ich abwarten, was geschehen würde.

13

Niemand mehr kam zum Klavierunterricht. Es hagelte Absagen. Meine finanzielle Lage würde bald schlimm werden. Zum Glück hatte ich etwas gespart. Nicht viel, aber immerhin knapp tausend Euro. Die Regierung hatte Hilfe zugesagt. Aber ob die mich erreichen würde, stand in den Sternen. Ich wusste noch nicht einmal, wo ich einen Antrag stellen konnte.

Wichtiger für mich war aber: Wann würde Taryn sich melden? Würde sie überhaupt? Ich war ungeduldig, hielt es in der Wohnung oft nicht aus, ging am Rhein spazieren, rechnete auch mit einer Ausgangssperre. Den Fernseher machte ich nicht mehr an, spannte ein Betttuch über den Bildschirm. Corona überall. Es nervte, deprimierte. Weltuntergangsstimmung. Bei jedem neuen Toten kam eine Nachricht. 18 Todesfälle bei 7000

Infizierten. Was sollte ich von der Statistik halten? Bei den Grippewellen lagen die Zahlen erheblich höher. Ich wollte nichts mehr sehen, nichts hören. Ich wartete auf einen Telefonanruf. Aber sie meldete sich nicht.

Dann kam der Freitag. Es war der 21. März. Wie immer eilte ich gegen Mittag zum Briefkasten. Das erste, was ich sah, war dieses Siegel hinten auf der Falz. Eine Harfe war abgebildet. Ich öffnete den Brief vorsichtig, wollte das Siegel nicht verletzen. Dann hielt ich das Blatt in der Hand. Sie hatte eine edle Karte im Vintage-Stil genommen. Am oberen linken Rand war eine weiße Schlehenblüte eingedruckt. Ich überflog die Handschrift.

„Lieber Milan Dragovic, Ihre Sonate hat mich sehr berührt. Ich habe sie mehrmals gespielt. Sie ist wunderschön. Ich würde gerne mit Ihnen darüber sprechen und schlage vor, da die Koblenzer Cafés geschlossen sind, kommen Sie doch, wenn Sie einverstanden sind, zu mir. Meine Telefonnr. 0261… Mit herzlichem Gruß, Ihre Taryn O'Brian."

Ich las es noch einmal. Sie hatte mich eingeladen. Mit allem hätte ich gerechnet. Damit nicht.

Ich rief sie an, bedankte mich für die Karte mit dem schönen Siegel und für die Einladung. Gerne würde ich kommen. Am liebsten hätte ich mich sofort auf das Rad gesetzt oder dieses Mal auch das Geld für ein Ticket ausgegeben. Was machten schon ein paar Euro, wenn man so viel Glück hatte? Aber ich zügelte meine Ungeduld, schlug den Samstagnachmittag vor. Sie war einverstanden, nannte mir die Adresse. Kastorstraße. „Ist nicht weit vom Görreshaus", sagte sie. „Ein paar Meter nur. Sie wollen wieder mit dem Rad kommen?"

„Nein, nein!" antwortete ich. „Dieses Mal nehme ich die Bahn. Falls sie fährt. Sonst komme ich wirklich mit dem Rad."

„Diese Corona-Krise ist furchtbar", sagte sie. „Kein Konzert mehr, keine Probe. Alle schotten sich ab. Mir fällt die Decke auf den Kopf. Ich bin froh, wenn Sie kommen."

Froh war ich auch. Ich sah mir ein paar ihrer Konzerte an auf Youtube, bewunderte wieder ihr virtuoses Spiel, konnte mich nicht sattsehen an dem geschmeidigen, mal leidenschaftlichem, mal sanftem Lauf über die Tasten. Und jetzt lag meine Sonate bei ihr. Sie hatte sie

gespielt und für gut befunden. Mehr noch:
Die Frühlingssonate hatte sie berührt.

An diesem Freitag schlich die Zeit
endlos dahin. Ich ging am Rhein spazieren,
sah die Umgebung aber nicht wirklich. Ich
hatte immer nur ihr Bild vor Augen, fragte
mich manchmal, ob ich das alles geträumt
hätte. Zu Hause nahm ich wieder die
Karte, las noch einmal. Nein, das war kein
Traum.

14

Ich versuchte, nur an die Sonate zu
denken. Es ging doch um Musik und nicht
darum, dass ich Taryn auch begehrte. Als
Weib. Wobei bei mir dieser Ausdruck
etwas Elementares ausdrückt wie Sonne,
Mond und Sterne. Er ist nicht
herabsetzend gemeint. Im Gegenteil. Wenn
eine Frau auch ein Weib ist, ist sie Ziel
meiner Sehnsucht. Intellektuelles,
emanzipatorisches Getue ist mir verhasst.
Nichts gegen eine kluge Frau, die zugleich
auch ihre Femininität behalten hat. Das ist
gewiss das höchste Glück, das einem
Mann auf diesem Gebiet begegnen kann.
Da bin ich sogar gerne unterlegen, mit

Freude der Dümmere. Ist sie allerdings nur Weib und man kann kaum mit ihr reden, ohne dass es in dieser Hinsicht nach dem zweiten Treffen langweilig wird, ist es gefährlich. Dann beginnen emotionale Verstrickungen, die einen in den Abgrund führen können. Man will loskommen, weil sie nicht genügt, kann es aber nicht. Das hatte ich mit Nadja erlebt. Die hatte nur ihre Geige im Kopf und war besorgt, schön genug zu sein, um auf Männer wirken zu können. Ich hatte nach dem Verlassen von Weimar lange gebraucht, um nicht mehr an sie denken zu müssen. Sie schnurrte im Bett wie eine Katze, und das war schön gewesen.

Ich ging in Gedanken noch einmal die Begegnung mit Taryn im Foyer des Görreshauses durch. Warum war sie zum Buffet gekommen? Sie musste mich, was bei drei Zuschauern nicht schwer war, entdeckt haben und wollte wahrscheinlich wissen, warum ich bei dem Kölner Konzert die Beherrschung verloren hatte. War es das? Nur Neugierde? Oder gab es da noch irgendetwas anderes, was mir nicht bewusst war. Vielleicht hatte es überhaupt keine Bedeutung und die Begegnung war der reine Zufall, ein Glück des Corona-Umstandes. Eine ungewöhnliche Situation eben. Wäre das Konzert ausverkauft gewesen und das Foyer voller Besucher, wäre sie bestimmt nicht gekommen. Jetzt aber hatte diese Begegnung eine Dynamik gewonnen, die ich mir vorher niemals erträumt hätte.

Natürlich fuhr ich am Samstag mit dem Zug, hatte mir sogar einen ICE ausgesucht, der von Bonn nach Koblenz durchfuhr. Ich wollte nicht verschwitzt und abgestrampelt dort ankommen. Meinen bescheidenen Kleiderschrank hatte ich in sorgsamer Eitelkeit durchwühlt. Was sollte ich anziehen? Besonderen Eindruck machen konnte ich mit nichts. Schließlich landete ich bei einem türkisfarbenen marokkanischen Fischerhemd und sauberen, aber ungebügelten Jeans, die ich auch ungebügelt ließ. Weiter entschied ich mich für eine taubenblaue Lederjacke mit Kapuze hinten. An die Füße kamen weinrote Sportschuhe, die recht auffällig waren. Aber warum sollte man immer nur in braunen oder schwarzen, unauffälligen Tretern herumlaufen? Um den Hals legte ich mir einen hellblauen Seidenschal. Damit war das Höchstmögliche für mein Outfit getan. Mehr gab der Schrank nicht her. Eine Reihe von weißen und blauen Bürohemden, wie ich sie im Konservatorium getragen hatte, ließ ich unbeachtet. Die waren mir zu bieder. Schließlich hatte ich eine Sonate geschrieben, die einem Weltstar gefallen hatte.

Im ICE pfiff ich auf mein schmales Budget, leistete mir eine Flasche roten Dornfelder, um etwas lockerer zu werden und die Nervosität, die sich mit jedem Kilometer steigerte, zu dämpfen. Angekommen im Koblenzer Hauptbahnhof suchte ich einen Tabakladen auf, kaufte mir ein Päckchen Kaugummi, ‚Airwaves' mit Menthol und Eukalyptus. Ich wollte nicht als Trunkenbold in Verdacht geraten. Es war zwar nur eine kleine Flasche gewesen. Aber Frauen haben empfindliche Nasen. Fleißig kauend machte ich mich auf den Weg zur Kastorstraße und stand nach einer Viertelstunde vor einem hübsch renovierten Altstadthaus. Ich studierte die Klingelschilder, fand den Namen O'Brian ganz oben. Ich sah auf die Uhr. Ich war zehn Minuten zu früh, überlegte, noch eine kleine Runde zu drehen, ließ es aber. Ich drückte den Knopf, und es dauerte nur ein paar Sekunden, da ertönte der Summer. Ich stieß die Tür auf, suchte nach einem Aufzug, fand keinen. Stufe um Stufe, mir etwas Zeit lassend, stieg ich die Treppe auf einem roten Läufer nach oben. Als ich ankam, stand Taryn O'Brian in dem schwarzen Kleid, das sie auch bei dem Konzert getragen hatte, im Türrahmen und lächelte mir entgegen.

15

„Komm rein!" sagte sie. „Wir können doch ‚Du' sagen. Oder?"

„Gerne!" antwortete ich.

Sie führte mich durch einen langen, mit Orientteppichen belegten Flur. An den Wänden, angestrahlt, hingen gerahmte Drucke mit Bildern von Chagall. ‚La Mariée', ‚Bella mit weißem Kragen', ‚Das blaue Liebespaar'. Ich kannte mich mit den Gemälden Chagalls gut aus. Er gehörte mit seinen zarten, träumerischen Farben und den surreal-märchenhaften Motiven zu meinen Lieblingsmalern. Bei ‚La Mariée' fällt sofort der geigende Ziegenbock auf, der für die in Rot und Weiß gekleidete Braut ein Lied spielt, während der

Bräutigam, in der Luft schwebend, mit den Händen ihren Schleier umfasst. Der Hintergrund mit Häusern und ein paar verschwommen gezeichneten Figuren ist in einem transparenten, durchleuchteten Blau. Ich enthielt mich eines klugen Kommentars, wollte nicht den Kunstkenner herauskehren, überlegte nur kurz für mich selbst, ob ich der geigende Bock war oder der schwebende Bräutigam. Ich schüttelte kurz den Kopf, was Taryn, die vor mir herging, nicht sah. Ich war keins von beiden. Ich war der Komponist, der eine Sonate abgeliefert hatte, die ihr gefiel.

Sie führte mich in einen weitläufigen Salon mit antiken Möbeln und mehreren Couchecken, die alle zu einem Bechstein-Flügel hin ausgerichtet waren, als würden hier private Kammerkonzerte aufgeführt werden. An einer der Wände standen hohe Regale mit Büchern. Ich warf bei einem Regal einen flüchtigen Blick auf die vergoldeten Buchrücken. Sie las Klassiker. Goethe, Schiller, den vor allem, und Shakespeare. Ungewöhnlich. Die Regalreihen waren auch vollgestellt mit Biographien berühmter Komponisten. Da waren sie alle versammelt. Von Agostini bis Zelter. Ich überflog die Buchrücken.

Eine durch und durch männliche Garde, unterbrochen nur von Clara Schumann und Fanny Hensel. Es sah aus, als sei das Komponieren eine typisch männliche Domäne. Ich hatte mir noch nie Gedanken darüber gemacht. Jetzt dachte ich nur: „Wenn sie das alles gelesen hat, bist du umzingelt von Geistesgrößen. In der Literatur und in der Musik."

„Setz dich!" forderte sie mich auf, „wo immer du willst. Tee, Kaffee?"

Ich entschied mich für Kaffee. Taryn verschwand durch eine der Türen des Salons. Kurz darauf hörte ich eine Maschine gurgeln. Ich setzte mich in die Nähe des Salonflügels, sah auf dem Notenständer die Blätter mit der Frühlingssonate.

Nach einer Weile kam sie mit einem Tablett, darauf Tassen, eine Kanne Kaffee, Milch, Zucker, eine Schale mit Gebäck.

„Ist das nicht verrückt?" meinte sie. „Du bist seit Tagen der erste Besucher. Spinnen die alle? Ich weiß es nicht. Ich hatte vor ein paar Tagen eins der Orchestermitglieder angerufen, ihn eingeladen, um die Violinpassagen auszuprobieren. Er hat mich nur ausgelacht, gesagt, wenn er das Haus verließe, würden ihn seine Söhne sofort einfangen. ‚Bleib alleine, Taryn!' meinte er. ‚Es geht um Leben und Tod.' Ist das übertrieben, hysterisch? Darf der Staat so totalitär sein, Konzerte und Proben lahmlegen und noch einiges mehr. Soziale Kontakte sind einzuschränken. Crazy! Jetzt warte ich noch auf die Ausgangssperre und dass sie Militär und Drohnen durch die Straßen schicken, um das zu kontrollieren. Du bist ja eine wunderbare Ausnahme. Kümmert dich dieses Virus nicht?"

„Nein. Ich muss dabei an den Dichter William Butler Yeats denken. Ich hab' mal mit dem Fahrrad eine Tour durch Irland gemacht, war auch in Donegal, wo sein Grab ist. Auf dem Grabstein steht: ‚Cast a cold eye on life, on death! Horseman pass by!' Dieses Virus ist mir egal. Auf's Gemüt schlägt mir aber diese Panikstimmung. Die Grippewellen waren eigentlich schlimmer. Jetzt tun sie so, als würden die Toten stündlich aus den Häusern getragen. Soll ich mich isolieren, im Zimmer auf und ab gehen? Wie lange? Bis ich wahnsinnig werde? Nein. Außerdem geht es mir gegen den Strich, dass sie uns mit Verordnungen bevormunden."

„So, so. Du warst also in Donegal. Du kennst die Gedichte von Yeats?"

„Die Gedichte weniger. Aber die Dramen. Er war ja nicht nur romantisch, sondern auch politisch. Das hat er mit Schiller gemeinsam. Er hasste die Tyrannei. Seine Dichtung ist der Widerstand gegen das moderne Chaos."

Sie legte die Stirn in Falten, sagte nichts, schenkte mir Kaffee ein, setzte sich mir gegenüber. Ich dachte daran, wie sie gesagt hatte, man müsse mit der Musik dagegenhalten und ich war auch neugierig, was sie mit diesem merkwürdigen Satz gemeint hatte: „Außerdem spielen da manchmal auch private Angelegenheiten eine Rolle." Durfte ich das fragen oder war das schon zu persönlich? Frage sie ruhig, sagte ich mir. Sie muss ja nicht antworten. Die Frage zeigt doch nichts anderes, als dass du dich für sie interessierst. Man muss ja nicht nur Small Talk bei einer Tasse Kaffee betreiben. Und so sagte ich: „Was hast du damit gemeint, wenn ich das fragen darf, dass auch private Angelegenheiten eine Rolle bei dem Konzert gespielt haben?"

Sie nahm mir die Frage nicht übel. „Weißt du", sagte sie. „Bei mir kommt im

Moment alles zusammen. Diese verdammte Krise und dann auch noch das Ende einer Beziehung. Darf ich das erzählen?"

„Natürlich!"

„Das war vor zehn Tagen. Da war er hier. Er wohnt in Mainz. Wir hatten über eine Ausgangssperre gesprochen. Er hatte gesagt: ‚Wir müssen eine List anwenden, um uns sehen zu können. Ich werde mir ein Attest von einem befreundeten Arzt besorgen, werde zum Pflegefall. Dann darfst du kommen.' Da hatte ich ganz beiläufig gemeint: „Ausgangssperre? Na und! Dann schreiben wir uns ein paar Monate eben nur Emails oder telefonieren. Das hat ihn wütend gemacht. ‚Willst du die platonische Liebe?' hat er gefragt. ‚Wäre doch mal nicht schlecht', habe ich geantwortet. ‚Dann geh ich jetzt!' hat er mir an den Kopf geworfen. Er ist aufgestanden und tatsächlich gegangen. Seitdem… Eiszeit! Er meldet sich nicht mehr, und ich denke nicht daran, ihn anzurufen. Soll er doch sehen, wo er bleibt. Ich habe meine Freiheit wieder. Kennst du das auch, wo es bei einer Lappalie plötzlich einen Knall gibt?"

Ich überlegte. Nadja kam mir in den Sinn.

„Ja", sagte ich. „Das kenne ich auch."

16

Ich beließ es bei dieser Aussage, ergänzte: „Passiert, wenn es vorher schon gekriselt hat. Dann genügt der berühmte Tropfen, der das Fass zum Überlaufen bringt."

Ich wollte nichts über Nadja erzählen, dachte nur an die Szene, die eine schon angespannte Lage zur Explosion brachte. Schuld war eigentlich ich. Ich hätte mich mit einem unbedachten Kommentar zurückhalten sollen. Es war bei einer Probe zu einem Kammerkonzert. Sie war nicht vorbereitet, kratzte auf ihrer Violine herum und ich bemerkte ungeduldig: „Wenn du so schön spielen könntest wie du dich schminkst, wäre alles gut." Sie zischte „Arschloch!", nahm ihre Geige, verließ den Raum.

Ein paar Tage später brach ich mir das Handgelenk, so als wollten mich die Götter für meine Äußerung bestrafen. Nadja, was sie sowieso getan hätte, suchte sich eine neue Begleitung am Piano. Das war's. Dass es mit dem neuen Partner nicht nur beim Musizieren blieb, war mir von Anfang an klar. Denn sie liebte es, attraktiv war sie, ihre Wirkung bei neuen Männern auszuprobieren. Irgendwann wäre die Verbindung auch ohne meine Bemerkung und ohne den Unfall in die Brüche gegangen. Mir war ihre Koketterie verhasst und ich litt auch unter Eifersucht. So etwas bei dem ersten Treffen mit Taryn zu erzählen, hielt ich für unangebracht. Sie fragte auch nicht weiter nach, hatte Verständnis für meine Zurückhaltung.

„Sag mal", wechselte sie das Thema, „welche Bilder hattest du im Kopf, als du die Sonate komponiert hast?"

Ich wurde verlegen, konnte nicht sagen: „Vor allem dein Bild." Ich rettete mich in Ausflüchte. Nein, Ausflüchte waren es nicht. Es stimmte, war aber nicht direkt das Leitmotiv, nämlich die Sehnsucht nach einer Frau wie Taryn, stand aber in Verbindung mit diesem Motiv.

„Ich bin einmal im März spazieren gegangen", erzählte ich, „und kam an einer Schlehe mit weißen Blüten vorbei. Um die Blüten herum war ein intensives Summen von Bienen. Ich erkannte den

Sonnenton A. Den bringst du in der Sonate, dachte ich. Das ist ein heiterer, glücklicher Ton, die Ankunft des Frühlings. Na ja, und im ersten Satz, muss ich gestehen, habe ich auch an das Sehnsuchtsmotiv bei Schumann gedacht. Ich habe es natürlich nicht übernommen, aber es war in der Modulation Vorbild."

Sie unterbrach mich. „Sehnsucht wonach?"

„Hmm, ja, hmm. Wonach wohl? Ich weiß es selber nicht. So allgemein. Ist die Sehnsucht nicht eine Grundbefindlichkeit des Menschen?"

Sie sah mich mit ihren meergrünen Augen aufmerksam an, schien mich zu durchschauen. Lag nicht auch eine Spur lächelnder Spott in diesem Blick? So als wollte sie sagen: „Was erzählst du mir da? Wonach hat man denn Sehnsucht? Nach Liebe. Oder?"

Aber sie fragte nicht weiter nach, hatte wohl meine Verlegenheit bemerkt, kam jetzt mit einem überraschenden Vorschlag.

„Wenn du nichts dagegen hast, würde ich deine Sonate gerne bei meinem nächsten Konzert spielen. Wann das ist, weiß ich nicht. Die Welt ist ja zur Zeit aus den Fugen. Wärst du damit einverstanden?"

„Ja, warum nicht?" antwortete ich. „Aber wie soll das gehen? Mich kennt doch keiner."

„Dann wird es Zeit", sagte sie.

17

„Aber sind die Leute nicht an die großen Namen gewöhnt?" wandte ich ein. „Mozart, Liszt, Chopin, Brahms, Beethoven, Schubert, Schumann usw. Bei Milan Dragovic bleibt der Saal leer."

„Ich spiele bei dem nächsten Konzert nicht nur deine Sonate. Ich bau dich ein. Stell dir ein Konzert vor mit dem Titel ‚Romantische Sonaten'. Chopin, Schumann, Dragovic. Dragovic? Kennen wir noch nicht, wird man sagen. Und neugierig sein. Du triffst mit deiner Musik meine eigene Überzeugung. Die modernen Experimente mit Atonalität, algo-rithmischen Kompositionen, Elektro-akustik und synthetischen Klängen gehen mir auf den Geist. Ebenso die Zwölftonmusik mit ihren gewollten Dissonanzen. Das beleidigt mein Ohr. Bei dir spricht sich die Liebe zur Musik rein aus. Man mag das als altmodisch bezeichnen. Na und? Du hast es doch selbst gesagt. Die Sehnsucht ist eine Grundbefindlichkeit des Menschen. Das musikalisch auszudrücken ist dir gelungen. Deshalb möchte ich deine Sonate spielen. Ist die romantische Einfachheit etwa falsch? Nein. Wo sind wir mit unserem ganzen technischen Getue, mit dieser Überheblichkeit gelandet? Bei einem Virus, das alles zusammenbrechen lässt. Und jetzt kommst du mit einer Frühlingssonate. Phantastisch!"

„So habe ich das noch nicht gesehen", bemerkte ich erstaunt. „Mein Ziel war eigentlich…" Ich hob die Schulter. „Ich weiß nicht." Ich durfte den Satz nicht zu Ende führen. Er hätte lauten müssen: „Mein Ziel warst eigentlich Du." Das konnte ich nicht sagen. Oder irgendwann doch?

Sie lächelte. „Das habe ich noch nie erlebt wie bei dem Kölner Konzert", sagte sie. „Dass da jemand in der ersten Reihe sitzt und plötzlich laut aufschluchzt. Ja, die Leute können gerührt sein, haben sich aber in der Gewalt. Du nicht. Zuerst war ich irritiert. Es war ja unüberhörbar. Nach dem Konzert habe ich darüber nachgedacht und fand es schön. Und dann bist du auf einmal wieder da. Bei dem Konzert im Görreshaus. Drei Zuschauer. Die Corona-Panik war dir offensichtlich egal. Du hattest Mut. Ich gestehe: Ich war neugierig. Deshalb bin ich in der Pause ins Foyer gegangen. Und richtig: Milan Dragovic kommt und bestellt sich ein Glas Wein. Dann die Überraschung. Er komponiert eine Sonate. Und die ist sogar richtig gut."

Ich schwieg zu ihrer Ausführung. Bisher war ich überrascht gewesen vom Verlauf der Dinge. Dass sie meine Sonate anhören und spielen würde, damit war ja niemals zu rechnen. Das hatte einen hohen Grad von Unwahrscheinlichkeit. Jetzt aber hatte es eine Erklärung bekommen. So schlimm die Corana-Krise sein mochte, mir hatte sie Glück gebracht. Mehrere Umstände waren zusammengekommen oder soll ich sagen, hatten sich gefügt. Mein unbeherrschtes Schluchzen, das mir immer noch peinlich war, wenn ich daran dachte. Dann Taryns Auftritt im Görreshaus. Umgeben von dieser seltsamen Krise, die die Welt auf den Kopf stellte. Nun ja, und eben meine

Unbekümmertheit, vielleicht auch Unwissenheit. Diese Corona-Krise hielt ich für einen gigantischen Irrtum. Die Welt hatte sich in eine offene Psychiatrie verwandelt. Die Wissenschaftler hatten jetzt Hochkonjunktur, mochten die eigene Eitelkeit bedienen. Sie widersprachen sich auch gegenseitig. Die einen malten den Teufel an die Wand und sprachen von einer Pandemie. Andere obduzierten kühl und fanden heraus, dass Corona nicht die Todesursache war und am Ende des Jahres die Sterberate vielleicht genau so hoch sein würde wie in den Jahren zuvor. Es herrschte eine allgemeine Verunsicherung und Verängstigung.

18

„Mut?" sagte ich. „Hatte ich Mut? Nein. Ich wollte einfach nur Musik hören."

Ich zeigte auf das Regal mit den Schiller-Bänden: „Mut ist, wenn man dem Landvogt Gessler mit der Armbrust entgegentritt. Zu wirklichem Mut gehört die Gefahr. Wenn es sein muss um den Preis des Lebens. Ich meine jetzt keine extreme Klettertouren, die man freiwillig unternimmt, sondern die moralische Entscheidung. Etwa zum Tyrannenmord oder unter Lebensgefahr jemanden, der Hilfe braucht, verstecken. Das ist Mut."

Ich hatte mich weit aus dem Fenster gelehnt. In einem Salon auf dem Sofa sitzend lässt sich leicht über Mut philosophieren. Am besten schweigt man darüber. Es kommt nur auf die Tat an. Dann erst zeigt sich, ob man den Gedanken auch umsetzen kann. Hatte ich wirklich schon einmal Mut gezeigt? Ja, vielleicht. Aber ich hatte gar nicht nachgedacht. Das war, als ich an einem Wintertag an der Ilm spazieren ging. Der Fluss hatte Hochwasser mit einer raschen Strömung. Plötzlich sah ich diesen Hund dahintreiben. Bei dem Blick in die verängstigten Augen überlegte ich überhaupt nicht, lief und sprang in das eiskalte Wasser, kraulte zu ihm hin, griff ihn und zog ihn ans Ufer. Die Geschichte hätte auch anders ausgehen können, war gefährlich gewesen. Aber darüber hatte ich nicht nachgedacht.

„Sorry", sagte ich zu Taryn. „Es lässt sich leicht darüber theoretisieren. In der Praxis mag das ganz anders aussehen."

„Schon gut", meinte sie. „Aber es ist schön, dass du dir darüber überhaupt Gedanken machst. Du kennst dich mit Schiller aus?"

„Ein bisschen. Wir mussten in der Schule den ‚Tell' lesen."

Sie hob die Augenbrauen. „Mussten? Das liest man doch gerne. Schiller ist mein Lieblingsdichter. Ich habe mit zwölf schon seine Dramen gelesen. Freiheit ist immer bei Schiller das wichtigste Thema. Wichtiger noch als die Liebe. Die Liebe bedroht rasch die Freiheit. An Schiller habe ich mich moralisch aufgerichtet."

Ich verzog leicht die Mundwinkel, setzte die Kaffeetasse an die Lippen. „Vorsicht, Milan!" sagte ich mir. „Diese Dame ist gegenüber der Liebe sperrig."

„Darf ich einen Vorschlag für den ersten Satz deiner Sonate machen?" fragte mich Taryn.

„Natürlich."

„Du hast auf dem Weimarer Konservatorium ein Nebenfach gehabt, ein zweites Instrument?"

„Ja. Die Violine. Aber da bin ich nicht gut. Vor allem jetzt nicht mit dem Handgelenk."

„Dann tauschen wir die Rollen. Violine spiele ich auch. Zum Hausgebrauch. Aber jetzt geht es nicht um Perfektion. Ich möchte nämlich, dass im ersten Satz deiner Sonate die gemeinsamen Passagen länger werden. Etwas weniger Dialog. Das ist zwar auch schön. Die Violine ruft. Das Klavier antwortet. Und umgekehrt. Aber lass uns das doch ausprobieren. Beide spielen viel öfter gleichzeitig. Die Violine bestimmt die Melodie, das Klavier begleitet sie. Einverstanden?"

„Gerne!" antwortete ich.

„Schön!" meinte sie daraufhin. „Versteh das bitte nicht als Kritik. Aber bei dem Soloschluchzen der Violine bekommt man ja Angst vor der Liebe."

19

Am Abend nahm ich die Notenblätter des ersten Satzes wieder mit nach Hause. Taryns Vorschlag war mir willkommen. Auf der Fahrt nach Bonn arbeitete ich schon an den Korrekturen. Der Zug war ziemlich leer. Die Angst vor dem Virus war spürbar, legte sich wie eine bleierne Decke über die Menschen. Eine

Ausgangssperre schien bevorzustehen. Alle Nachrichten deuteten darauf hin.

War die Lage wirklich so gefährlich? Stand wie in Italien, wo das Militär die Särge zu den Krematorien transportierte, das große Sterben bevor? Oder saß man einem gewaltigen Irrtum auf, einem merkwürdigen, abgefeimten Komplott der Weltgeschichte. Könnte Covid-19 nicht Teil eines hybriden Krieges der USA gegen China sein? Eine Biowaffe, hinter der die Amerikaner steckten? Ich wusste nicht mehr, was ich von der ganzen Sache halten sollte. Taryn hatte mich zum Abschied umarmt und gesagt: „Wir müssen Wege finden, um uns gegenseitig besuchen zu können. Diese Isolation ist tödlich. Du bist der Einzige, den ich kenne, der da nicht mitmacht."

Den Politikern war es ein Dorn im Auge, dass die Jungen Corona-Partys feierten. Ich gab der Jugend recht. Richtig so! Zeigt Widerstand, feiert das Leben, seid ungehorsam, lasst euch nicht von diesen Idioten einschüchtern. Wenn die Alten besonders gefährdet sind, können sie ja zu Hause bleiben. Man muss keine Sippenhaft verhängen.

Was war, wenn es zu einer Ausgangssperre kam? Ich würde nachts den Rheinhöhenweg von Bonn nach Koblenz gehen. Das wäre die Liebe in Coronazeiten.

Zu Hause angekommen, war ich nachdenklicher geworden. Nicht wegen der Corona-Krise, sondern wegen Taryn. Wegen dem, was sie gesagt hatte und was mich jetzt beunruhigte. Fühlte sie sich nicht sehr rasch bedrängt und fürchtete um ihre Freiheit? Die schien das Allerwichtigste in ihrem Leben zu sein. Hatte Taryn bemerkt, dass mir mehr an ihr lag, als nur eine Sonate überprüfen zu lassen? Gehörte sie zu den Frauen, die aus der Liebe ein psychologisches Labyrinth machten? Ich lief an einem solchen Labyrinth gerne vorbei, statt es zu betreten. Entweder liebte man oder nicht. Oder machte ich es mir zu einfach? War die Liebe ein Arbeitsfeld, ein Steinbruch, in dem man schuften musste? Achtsam sein. Das ja. Aufpassen, dass sich keine langweilige Gewohnheit und Selbstverständlichkeit einschlich. Das auch. Aber von Anfang an Bedenken haben, mit Bedenken starten? Das war nicht mein Ding. Eine Frau, die beim ersten

Kennenlernen das Hohe Lied der Freiheit und Unabhängigkeit sang, verstimmte mich. Taryn hatte meinen Gefühlen eine Ampel aufgestellt, die Gelb zeigte. Das war eine Fahrt mit angezogener Handbremse. Was für eine Freiheit bedrohte Liebe eigentlich? Nach meinem Empfinden gar keine. Sie war das schönste Gefühl der Welt. Schlimm war nur die vergebliche Liebe.

Gegen Mitternacht packte ich die Notenblätter zusammen, schob sie in die Mappe, legte die Mappe in eine Schreibtischschublade. Die Korrekturen für den ersten Satz waren noch lange nicht fertig und würden wohl nie fertig werden. Ich war mutlos geworden. „Sei kein Berlioz und sei auch kein Brahms!" sagte ich mir. Bei Brahms war mir noch besonders die Liebeserklärung in Erinnerung, die er Clara nach England geschickt hatte: „Meine geliebte Clara, ich möchte, ich könnte dir so zärtlich schreiben, wie ich dich liebe, und so viel Liebes und Gutes tun, wie ich Dir's wünsche. Du bist mir so unendlich lieb, dass ich es gar nicht sagen kann. In einem fort möchte ich Dich Liebling nennen, ohne satt zu werden, Dir zu schmeicheln."

Nichts gegen diesen Brief. Er ist schön. Seine Tragik liegt nur darin, dass er kühl beantwortet wurde.

20

Der nagende Zweifel, die Mutlosigkeit ließen mich nicht los. Hinzu kam diese verdammte Coronakrise. Man konnte kein Café mehr besuchen, keine Kneipe, die Freunde kamen nicht mehr aus dem Haus, selbst bei einem Telefongespräch hatte ich den Eindruck, dass sie befürchteten, das Virus könnte sich auch dabei übertragen. Die Welt war gelähmt. Man war in der Isolation. Alle hatten Angst, sich Covid-19 einzufangen. Jeder war als potentieller Überträger verdächtig. Der wahrscheinlich kommenden Ausgangssperre voraus ging ein Kontaktverbot. Mehr als zwei Menschen durften nicht mehr zusammen-kommen.

Ich war mutlos geworden, bekam Taryn aber nicht aus dem Sin. Das Virus meiner Liebe ließ sich nicht so einfach erledigen. „Love without the lover!" Ein heldenhafter Vorsatz. Ich war kein Held. Ich wollte Taryn in den Arm nehmen, sie spüren, küssen bis zur Besinnungslosigkeit, mit ihr schlafen, die meergrünen Augen in Ekstase versinken sehen.

Die Liebe als Tsunami. Das war eine neue Erfahrung. Wie sollte ich damit umgehen? Ich verstand mich selbst nicht mehr. Was hatte da bei mir eingeschlagen, wogegen ich mich nicht wehren konnte? Mein Herz hatte sich selbstständig gemacht, gab den Takt an, rief mir unentwegt Taryns Bild vor Augen.

Was hatte ich gemeinsam mit ihr? War es nicht die Liebe zur Musik? Sollte ich die Sonate vergeblich komponiert haben? „Nein!" sagte ich mir. „Komposition statt Emotion. Love the music without the lover!" Ich holte die Mappe mit der Frühlingssonate wieder aus der Schublade, kürzte die Solopassagen des ersten Satzes, ließ die Melodie der Violine etwas weniger sehnsuchtsvoll erklingen und öfter vom Klavier harmonisch begleiten. Die Tonart Moll mit ihrer dionysischen Klangfarbe der Sehnsucht behielt ich bei. In den Sätzen zwei bis vier war mit Dur ein apollinisch-heiteres Gegengewicht gegeben. Nach zwei Tagen war ich mit den Korrekturen fertig, scannte die Blätter ein und schickte den ersten Satz der Sonate als Emailanhang.

„Hoffe nichts!" sagte ich mir. „Wann und ob überhaupt die Sonate gespielt wird, ist ungewiss. Taryn ist klug genug, sie als Liebeserklärung zu erkennen, was sie wahrscheinlich schon von Anfang an gemerkt hat. Soll sie damit doch machen, was sie will. Du machst dir bitte keine Illusionen. Verabschiede dich von der Sonate, verschenke sie, ohne nach irgendetwas zu fragen oder irgendetwas zu erwarten. „Give without the lover!"

Ich hatte keine Lust mehr, mich in das Labyrinth der Liebe hineinziehen zu lassen. Soll sie doch ein Liebesverhältnis mit ihrem Schiller beginnen! Soll sie doch das Hohelied der Freiheit bis zu ihrem Lebensende beibehalten! Was geht es dich an!?

Ich merkte, wie ich gegenüber Taryn grantig wurde. Eine seltsame Beobachtung. Ich überlegte mir sogar, Nadja anzurufen und zu sagen: „Lass es uns noch mal versuchen!" Wir waren ja ab und zu wenigstens telefonisch in Kontakt geblieben und sie hatte durchblicken lassen, dass sie sich, wie sie sich ausdrückte, mit dem Typen an ihrer Seite nur noch langweile. „Mit dir, Milan, war das anders", hatte sie gesagt. Ich wusste nicht, woher auf einmal mein Trotz kam. Hatte ich selber Angst vor der Liebe? Ich musste diese Sonate loswerden, mich davon befreien, mich befreien von den Hoffnungen, die damit verbunden waren. Sollte ich mich einüben in eine Freundschaft zu Taryn? In eine platonische Liebe? Nein! Das war mir zu wenig. Ich wollte die großen Gefühle, das Begehren, die Leidenschaft. Ging es nicht, dann ging es eben nicht. Den korrigierten ersten Satz würde ich ihr allerdings noch zuschicken.

Bei meiner Email an sie schrieb ich nur: „Anbei den ersten Satz der Frühlingssonate. Milan." Große Erklärungen sparte ich mir, hütete mich auch zu schreiben: „Diese Sonate war eigentlich dir gewidmet."

21

Wie lange würde die Isolation dauern, dieses Kontaktverbot? Virologen sprachen von 18 Monaten. Konnte man die Menschen so lange isolieren? Überstieg dann nicht die Zahl der Depressiven und der Selbstmörder die Zahl der Opfer durch Corona? Was alles würde sich an häuslicher Gewalt zeigen, wenn die Menschen sozusagen eingeschlossen waren und die Nerven verloren? Dann bekämen nicht nur die Intensivstationen einen Kollaps, sondern auch die Frauenhäuser. Ebenso die Psychiatrien.

Wann kam die Ausgangssperre, die es in manchen Bundesländern schon gab? Musste man damit nicht stündlich rechnen? Dann durfte man nur noch einkaufen gehen oder zum Arzt oder zur Apotheke. Oder zur Bank, um sich mit Geld zu versorgen. Wie war das mit dem Einkaufen? Konnte man der Regierung trauen, dass die Versorgung mit Lebensmitteln gesichert war? Viele Menschen taten das offensichtlich nicht. Die Regale im Supermarkt wurden auffallend leer. Vor allem Klopapier war der Renner. Verrückt, dachte ich. Hatte man nichts mehr zum Futtern, musste man sich auch nicht mehr den A… abputzen.

Vorräte hatte ich nicht. Gab es nichts mehr, musste ich hungern.

Ich wanderte, von der allgemeinen Vorsicht angesteckt, zum Supermarkt und fand noch ein paar Päckchen Spaghetti und Tüten mit Reis. Auch Olivenöl war noch da. Wenigstens in seiner teuren, ganz sanft und kaltgepressten Version. Bepackt kehrte ich nach Hause zurück, würde nun wenigstens für zwei Wochen durchhalten können. Konserven gab es keine mehr. Die Regale mit den Dosen für Ravioli oder Linsen- und Erbsensuppe waren leer. Daran konnte man das Vertrauen sehen, dass die Leute der Regierung entgegenbrachten. Die Kassiererinnen saßen hinter Schutzscheiben, hatten Handschuhe übergestreift, streckten einem beim Bezahlen ein Schälchen entgegen, in das man das Geld zu legen hatte, falls man nicht mit Karte bezahlte. Für die Schlange an der Kasse waren rotweiße Streifen auf dem Boden angebracht, damit man den Mindestabstand von anderthalb Metern zu halten wusste. Alles machte einen seltsamen, verrückten Eindruck. Man war mitten im Krieg gegen das Virus. Die Menschen sprachen nicht mehr miteinander. Wer noch eine Atemschutzmaske ergattert hatte, hatte sie sich vor Mund und Nase gebunden. Milan, du bist in einem Science-Fiction-Film, dachte ich. Aber es war Realität. Auf den Straßen, falls man noch jemanden traf, war der

Blick auf das Smartphone beliebt, um mit einer Corona-App die neueste Statistik der Infizierten und Toten mitzubekommen. Bald würde man auch eine App haben, damit die Regierung Bewegungsprofile überprüfen konnte. Ich wunderte mich, wie blitzschnell man auf dem Weg zum totalitären Staat war, die Bürgerrechte aushebelte, Existenzen vernichtete, Kontaktsperren verhängte. Und ich wunderte mich darüber, wie alle das so leicht mit sich machen ließen. Die Menschen gehorchten, von Angst und Medien manipuliert, lammfromm. Das Grundgesetz war ausgehebelt.

Auch esoterische Theorien hatten Hochkonjunktur. Warum war der Mensch auf einmal so anfällig für ein Virus? Weil er in seiner Hybris und Dummheit die Natur ausbeutete, das Klima und die Tiere schändete, den Planeten elektromagnetisch verseuchte. Möglich, dass die ganzen Wellen, die die Atmosphäre durchdrangen, egal ob von 5G, Radar oder Radio- und Fernsehen die Zellen schwächten und anfällig machten, so dass das Virus dankbar einen Wirt zum Andocken finden konnte. Hunderttausend Satelliten umkreisten statt Gott den

Erdball und schickten ihre Strahlung. Ältere Menschen waren diesem Einfluss schon lange ausgesetzt und wurden deshalb bevorzugt dahingerafft. Ich hielt diese Theorien für möglich und dachte, dass es an der Wurzel ein Mangel an Liebe sei, die der Mensch missachtete und von deren heilender und schützender Energie er nichts mehr wusste. Diese Überlegungen führten mich wieder zu meinem eigenen Thema. Ich würde die Musik als eine göttliche Gabe lieben und nur die Musik und erst einmal keine Frau mehr. Das machte einen nur unglücklich.

22

Am Dienstagmorgen, es war der 24. März, rief Taryn an.

„Schön", sagte sie. „Der erste Satz ist jetzt wunderbar. Wir müssen das unbedingt zusammen spielen. Hast du etwas dagegen, wenn ich komme und die Violine mitbringe? Dann können wir das zusammen ausprobieren. Du müsstest ja mit dem Rad fahren. Ich habe ein Auto. Die Zugfahrt kann ich nicht mehr empfehlen."

Wie rasch sich doch alles ändert! Ich warf meine Zurückhaltung über Bord. Nur die Musik zu lieben war mir zu wenig. Die Sehnsucht nach Taryn flammte wieder auf. Sie war ja auch nur im Trotz verschüttet gewesen.

Wir verabredeten uns für den Nachmittag, drei Uhr. Ich sah mich in meinem Wohnzimmer um, wo auch das Klavier stand, entdeckte Flusen und irgendwelche Krümel auf Teppich und Parkett, machte mich mit Besen, Kehrblech und Staubsauger an die Arbeit. Bei Damenbesuch wird man in dieser Hinsicht agil. Auch die Fenster hatten es nötig. Die Sonne schien zwar noch hindurch, aber die Schlieren waren nicht zu übersehen und wirkten hässlich. Bislang hatte ich mich darum nicht gekümmert. Es war hell genug im Zimmer. Aber jetzt? Ich wollte nicht, dass sie einen liederlichen Eindruck von mir hatte. Klare Fenster gehörten zur Musik dazu.

Danach lief ich zum Supermarkt. Konnte ja sein, dass Taryn länger blieb und Hunger hatte. Ich kaufte zwei Hähnchenbrustfilets, Sahne, kleine Cherrytomaten und grüne Currypaste. Zum Nachtisch eine Schale mit

Walnusseis. Meine Kochkünste waren bescheiden, aber mit dem richtigen Gewürz würde sogar ich etwas Leckeres hinbekommen. In das Einkaufswägelchen legte ich auch noch zwei Flaschen ‚Grauen Burgunder'.

Um zehn vor Drei stand ich auf meinem kleinen Balkon, sah auf die Straße. Als sich ein paar Minuten vor Drei ein roter Mini Cooper, Chili Red, ein Cabrio mit schwarzem Verdeck und zwei schwarzen Dekorstreifen auf der Motorhaube, suchend näherte, dachte ich sofort: Der Wagen passt zu ihr. Flott und schön. So war es auch. Der Mini fand eine Parklücke, rangierte hinein. Taryn stieg aus, ging nach hinten zum Kofferraum, öffnete ihn, hängte sich eine Tasche um die Schulter, nahm einen Geigenkasten heraus. Bevor sie mich auf dem Balkon entdecken konnte, verschwand ich im Wohnzimmer. Sie sollte nicht merken, wie ich auf sie gewartet hatte. Mein Herz schlug ein paar Frequenzen rascher, als ich im Flur neben dem Türöffner stand und auf den Klingelton wartete. Die Glocke schlug an, ich wartete noch ein paar Sekunden, verzögerte das Drücken der Taste, öffnete die Wohnungstür, stellte mich in den

Rahmen, spähte auf die Treppenstufen. Dann hörte ich sie kommen.

Als sie am letzten Treppenabsatz erschien, sah ich, dass sie unter einem geöffneten schwarzen Mantel ein dunkelrotes Kleid trug, das über schwarze Leggins bis zu den Knien reichte. An den Füßen steckten, farblich zum Kleid passend, rote Stiefeletten. Ich unterdrückte das Kompliment „Du siehst hinreißend aus!", lächelte nur und begrüßte sie mit „Welcome!" Warum ich Englisch sprach, wusste ich nicht. Das war eigentlich Blödsinn, aber es war mir so herausgerutscht. Ich bat Taryn herein. Sie lehnte den Geigenkasten im Flur an die Wand. Ich half ihr aus dem Mantel, spürte die zarte Schulter, schnupperte ein Parfüm mit dem Duft nach Maiglöckchen.

Mit Taryns weitläufigem Salon, dem langen Flur und den Türen, die in irgendwelche Räume führten, war meine Wohnung natürlich nicht zu vergleichen. Es waren zwei bescheidene Zimmer, eine Küche, ein Bad. Alles zusammen 60 Quadratmeter. Taryn kam bestimmt auf 200. Sie sah sich interessiert im Flur um. An einer Wand gegenüber der Garderobe hingen drei großformatige gerahmte Fotos.

Es waren Bilder vom Jakobsweg, den ich vor acht Jahren einmal gegangen war. Ein Foto zeigte einen Storch, der in elegantem Flug sein Nest verließ. Daneben hing ein Panoramabild von einem Weg, der sich durch schier endlose Olivenplantagen zum Horizont hin zu verlieren schien. Und daneben ein Bild der Kathedrale von Santiago de Compostela. Sie blieb vor diesem Foto stehen.

„Ach, du warst dort?" fragte sie. „Bist du den Weg gegangen?" Sie kannte die Kathedrale.

„Ja", antwortete ich. „Auf dem Camino Francés. Von den Pyrenäen nach Santiago. Ist acht Jahre her. Und du? Du auch?"

Sie schüttelte den Kopf. „Nein. Ich war nur mit dem Bus da. Vor drei Jahren. Wir hatten ein Konzert. Pilgerlieder aus fünf Jahrhunderten. Interessant, dass ich die Kathedrale bei dir wiedersehe."

Ich führte sie ins Wohnzimmer, das zugleich auch Arbeitszimmer war.

„Setz dich, wohin du willst!" sagte ich. Was wiederum Blödsinn war. Denn es gab nur eine Sofaecke mit einem Couchtisch. Der Tisch stammte vom Sperrmüll. Ich hatte ihn aber hübsch blau angestrichen. Taryn blieb aber zunächst vor einem

Bücherregal stehen, studierte die Buchrücken.

„Oh, auch Schiller!" meinte sie und zeigte auf vier dicke moosgrün eingebundene Bände mit dem goldfarbenen Aufdruck ‚Schillers sämtliche Werke'.

„Ja", antwortete ich lakonisch, hoffte, dass sie mich nicht fragen würde, was mir da am besten gefiel. Gelesen hatte ich kaum. Die Bände sahen hübsch aus und stammten von einem Flohmarkt.

Aber sie forschte nicht weiter nach, setzte sich auf die Couch.

„Tee, Wasser oder Kaffee?" fragte ich.

„Kaffee bitte!"

So begann der erste Damenbesuch, den ich seit drei Jahren hatte.

23

Als ich mit einem Tablett aus der Küche zurückkam, stand Taryn vor meinem Steinway-Piano, das ich vor einigen Jahren gebraucht gekauft hatte. Zuerst dachte ich, sie wollte den Klang ausprobieren. Aber sie blickte nur auf das Foto, das an der Wand über dem Piano hing. Es war die

Nahaufnahme von den weißen Schlehenblüten. Auf einer der Blüten saß eine
Biene.

„Schön", sagte sie. „Was für ein Zufall.
Da habe ich die Schlehe auf meinem
Briefpapier und jetzt entdecke ich sie hier.
Weißt du, was die Schlehe in der irischen
Mythologie bedeutet?" fragte sie mich.

„Nein."

„Sie wird auch Mutter der Wälder
genannt, sie schützt vor Übel und Bösem
und sie erfüllt auch Wünsche. Ihr Holz
wird für Zauberstäbe verwendet."

Sie setzte sich wieder, bemerkte: „Dein
Foto macht Mut in einer ziemlich blöden
Zeit. Geht es dir auch so, dass niemand
dich besuchen will? Alle haben Angst."

„Ja, genauso. Die sagen alle ab, wenn
ich anrufe und sie treffen will. „'Ich habe
mich freiwillig in Quarantäne begeben',
höre ich. Oder: ,Mich kriegst du nicht vor
die Tür. Pass auf dich auf, Milan! Hast du
genug Desinfektionsmittel?' Ich kann
meine Freunde weder zu einer Tasse
Kaffee überreden noch zum Tennisspielen.
Die Hallen sind zwar zu, aber einen
Außenplatz haben sie schon hergerichtet.
Bei dem sonnigen Wetter könnte man
wunderbar spielen. Soll sogar das

Immunsystem stärken. Aber nein, sie sagen alle ab. Die Schüler, die ich habe, natürlich auch. Da wird für einige Zeit keiner mehr kommen."

„Finanziell knapp?" fragte sie.

„Nein. Ich hab' noch genug." Ich wusste nicht, ob ich mich über die Frage freuen sollte. Wollte sie mir aus einer Notlage helfen? Das wäre mir eher peinlich gewesen. Ich lenkte rasch von dem Thema ab.

„Du bekommst auch keinen Besuch?"

„Nein. Nichts. Genauso wie bei dir. Keine Probe, kein Konzert, kein Besuch. Isolation. Ich kann nicht den ganzen Tag am Klavier sitzen und üben. Ich brauche auch den Kontakt, das Gespräch. Telefon allein reicht nicht."

„Und dein Mainzer Freund?" Die Frage brannte mir auf der Zunge.

„Nichts. Aus. War sowieso eine seltsame On-Off-Beziehung. Das nervte nur noch. Und bei dir? Kein Damenbesuch?"

Schön, dass sie das fragte. Es schien sie zu interessieren. Ich schüttelte den Kopf. „Nein. Der letzte war vor drei Jahren. Das war auch On-Off und ging an die

Substanz. Lampe an, Lampe aus. Scheint Mode zu sein."

„Und Santiago? Du bist alleine gegangen?"

„Nein, mit einem Esel."

„Ach, du hast ihn noch?"

„Nein, den hatte ich gemietet. War vielleicht ein Fehler. Als er in Santiago abgeholt wurde, hatte ich richtigen Liebeskummer, mochte mich gar nicht mehr trennen. Aber wo soll ich hier einen Esel unterbringen?"

„Interessant", meinte sie. „Wo hast du denn übernachtet?"

„Irgendwo in der Pampas. Ich hatte ein Zelt dabei."

„Ich würde den Weg auch gerne gehen. Aber wegen der Konzerte habe ich keine Zeit. Jetzt hätte ich sie, aber die Grenzen sind dicht. Und Spanien ist zur Zeit noch schlimmer dran wegen der Corona-Krise. Ich muss es also auf später, viel später verschieben."

Sie blickte mich mit ihren meergrünen Augen an. Ein Königreich für ihre Gedanken! Überlegt sie etwa, ob ich mitkommen würde? Aber sie sagte nichts, führte nur die Tasse langsam und nachdenklich an den Mund, nahm einen Schluck Kaffee.

Als wir unsere Tassen geleert hatten, stand sie auf, nahm den Geigenkasten, holte Bogen und Violine heraus, klemmte sie zwischen Hals und Kinn, strich über die Saiten, drehte, um sie zu stimmen, an den Wirbeln des Griffbretts.

„Lass uns spielen", sagte sie. „Deine Korrekturen für den ersten Satz sind sehr schön. Gut, dass du bei Moll geblieben bist. Da kann man die Sehnsucht nach dem Frühling spüren. Jetzt will ich hören, wie das gemeinsam klingt. Ich kann es aber noch nicht auswendig."

Sie lehnte die Violine an das Klavier, ging zu der Couch, wo sie ihre Tasche abgestellt hatte, nahm ein Tablet heraus, schaltete es ein, stellte es auf den Notenständer des Klaviers.

„Ich habe die Notenblätter einge-scannt", sagte sie. „Ist eine Seite zu Ende, tippst du einfach hier unten. Dann kommt sofort die nächste. Geht rascher als das Umblättern von Papier oder Notenheften." Sie zeigte auf ein Symbol unten an der Taskleiste.

Ich rückte den Klavierstuhl heran, setzte mich. Taryn stand mit der Violine dicht neben mir, so dass sie leicht einen Blick auf die Noten werfen konnte. Wieder atmete ich diesen zarten Duft von Maiglöckchen.

24

Ich war froh, dass ich die wilden Akkordkaskaden aus dem ersten Satz herausgenommen hatte. So griffen meine Finger ruhig und sanft in die Tasten, auch bei einer Passage mit einem etwas rascheren Lauf. Taryn spielte auf der Violine die Melodie. Ich begleitete sie mit den Harmonien, beantwortete bei den Dialogen den Ruf ihrer Saiten.

Nach dem ersten Satz machte sie eine Pause. „Ist dir sehr gut gelungen", sagte sie. „Es erinnert mich an eine wunderschöne Melodie aus dem Film ‚Braveheart'. ‚For the love of a princess' heißt das Stück. Ich spiele es dir vor." Sie ließ den Bogen wieder über die Saiten gleiten. Eine zärtliche Melodie erklang. Anbetend, innig, sehnsuchtsvoll. Es war wie ein Leuchten von Tönen im Raum. Ich sah diese Töne wie Schmetterlinge über dem Klavier schweben und war zuerst über diese Wahrnehmung erschrocken, schloss die Augen. Wie konnte man Töne sehen? Aber so war es gewesen. Als Taryn die Melodie zu Ende gespielt hatte, öffnete ich die Augen wieder, sagte:

„Phantastisch. Du spielst die Violine genauso virtuos wie das Klavier." Dass ich die Töne gesehen, also eine gleichzeitige Sinneswahrnehmung aus völlig verschiedenen Bereichen hatte, behielt ich für mich. Vielleicht war es ja auch nur eine Halluzination gewesen. Ich zweifelte noch. So etwas hatte ich bislang nur gelesen. Dass man gesprochene Namen mit einer Farbe verband oder einem Geschmack. Dass man etwas hörte und es zugleich sah oder schmeckte. Jetzt war mir das bei Taryns Spiel passiert. Ich hatte die Töne gesehen. Die Melodie hatte mir das Herz berührt, klang noch eine Weile nach. Da hatte sie den Bogen schon gesenkt, wartete darauf, dass ich das Zeichen für den zweiten Satz gab, der mit einem Akkord des Klaviers begann.

„Alles okay?" fragte sie.

„Ja, ja", sagte ich, blätterte auf die nächste Seite und griff endlich wieder in die Tasten. Wir spielten die Sonatensätze bis zum Ende durch. Das apollinisch

Heitere, der Sonnenton der Bienen lenkte mich ab von meiner Verwunderung, mein Spiel wurde sicherer, wenngleich es auch niemals Taryns Virtuosität erreichen würde. Ich spürte mein linkes Handgelenk, mein Handicap, bei dem mir irgendein verdammter Schmerz in die Finger schoss und mich behinderte.

„Schön", meinte Taryn, als die letzten Töne verklungen waren. „Das wird beim nächsten Konzert im Görreshaus gespielt. Eigentlich müsste man es jetzt schon vortragen gegen die miese Corona-Stimmung. Als Trost der Musik und ein Willkommen des Frühlings. Wir könnten es aber auch schon mal bei Youtube bringen. Da kann man ein paar Konzerte von mir sehen. Bei Schumanns Klavierkonzert habe ich über eine Million Aufrufe. Du hast natürlich das Copyright. Und damit auch ein paar Einnahmen."

„Wunderbar", sagte ich. Ich stellte mir schon die Unterschrift unter dem Video vor. „Taryn O`Brian spielt die Frühlingssonate von Milan Dragovic."

25

„Spiel bitte noch mal das ‚Braveheart-Thema', dieses ‚For the love of a princess'", bat ich sie. "Ich versuche, es auf dem Klavier zu begleiten. Als Improvisation. Es wird nicht schwierig sein. Die Violine gibt den Einsatz. "

„Es gefällt dir?"

„Ja, sehr."

Taryn nickte, klemmte sich die Violine wieder zwischen Kinn und Schulterblatt, strich mit dem Bogen die ersten Klänge dieser schlichten, aber so innigen Melodie. Ich setzte mit den ersten leisen Tasten ein, begleitete dieses mich so bezaubernde Lied. Und wieder sah ich diese leuchtenden Töne im Raum. Dieses Mal erschreckte es mich nicht. Dann konnte ich eben die nachschwebenden Klänge sehen. Wahrscheinlich war das einfach so, wenn mich die Musik sehr berührte. Und es war ja auch etwas ganz Besonderes, dass Taryn mit der Violine neben mir stand. Einmal warf ich einen kurzen Blick auf sie. Sie war ganz konzentriert, hatte die Augen geschlossen, lächelte. Wie sie da so stand und sich der Melodie hingab, das empfand ich als den Moment einer hinreißenden

Schönheit. In diesem Augenblick hätte ich ihr ganz einfach sagen können: „Ich liebe dich, Taryn!" Aber ich sagte es nicht.

Sie blieb bis zur Abenddämmerung. Die Corona-Bedrohung war lange Zeit vergessen. Ich musste ihr von Gandalf, dem Esel, erzählen, die Geschichten, wenn er störrisch war und nicht weiter wollte und ich ihn mit Möhren lockte oder wenn gar nichts mehr ging, die Tagestour beendete und das Zelt aufschlug.

„Man lernt die Geduld", sagte ich. „Eine wunderbare Übung."

„Ist das nicht sehr einsam, mit einem Esel durch Spanien zu ziehen?" fragte sie.

„Nein, überhaupt nicht. Du kommst sehr leicht mit den Menschen ins Gespräch. Manchmal ist es sogar lästig, dauernd fotografiert zu werden. Außerdem habe ich auch mit Gandalf geredet."

„Er hat das verstanden?"

„Ich glaube, ja. Man kann das an den Augen sehen."

Taryn lächelte. Wieder dieser meergrüne, rätselhafte Blick, bei dem ich dachte: „Ein Königreich für ihre Gedanken!"

Taryn stellte nicht die Frage, auf die ich keine Antwort wusste. „Warum bist du gegangen? Warum tut man sich das an? Geht zu Fuß nach Santiago. Was findet man da? Was findet man unterwegs?"

Sicher, ich konnte sportliche Motive anführen, konnte antworten: „Ich wollte einfach mal sehen, wie weit die Füße tragen." Ich konnte auch Abenteuerlust angeben: „Es ist schön, am Morgen nicht zu wissen, wo man am Abend landet. Schön ist es auch, unter den Sternen zu schlafen." Oder ich konnte erklären: „Ich wollte einfach mal aus diesem Rattenrennen aussteigen, keine Geschwindigkeit mehr haben, mich der Entschleunigung hingeben."

Ob ich den großen Unbekannten suchte, nämlich Gott, wusste ich nicht. Wie soll das gehen? Keine Ahnung. Mir ist auch nichts Außerordentliches begegnet. Ich habe nicht wie Paulo Coelho Engel auf Kirchturmspitzen gesehen. Ich konnte auch nicht wie Shirley MacLaine in der Akasha-Chronik lesen und kannte auf einmal alle meine vorherigen Leben. Ich habe auch nicht mit den Füßen gebetet, war auf keinen Fall fromm wie Hildegard von Bingen. Sicher, unterwegs habe ich

Kirchen besucht. Vor allem die kleinen, heimeligen romanischen. Die schlichten mit dem geheimnisvollen Dämmerlicht innen. Ich habe sie aber nur besucht, wenn sie leer waren. An den großen Kathedralen und Domen bin ich vorbeigegangen. Die haben mich nicht interessiert. Gandalf, mein Esel, schien damit einverstanden. Vor die kleinen romanischen Kirchen ließ er sich führen und draußen anbinden. Bei einem großen Dom halfen kein Ziehen und Zerren und auch keine Verführung mit Möhren. Er wollte einfach nicht. So war das auch in Santiago. Er weigerte sich, den Platz vor der Kathedrale zu betreten, als wollte er wie Martin Luther sagen: „Da ist doch nichts. Da könnte auch ein Hund begraben sein." Ich musste ihn am Rand der Stadt auf einem Reiterhof unterbringen und allein die Kathedrale besuchen. Dort blieben die großen, überwältigenden Gefühle aus. Was auch daran liegen konnte, dass mich der touristische Rummel nervte.

Warum das alles so war, weiß ich nicht. Gefragt habe ich mich das schon. Das ‚Warum?' war schon bei mir als Kleinkind, kaum dass ich sprechen konnte, die zentrale Frage. Damit hatte ich schon die

Eltern genervt. Immer wollte ich wissen: „Warum ist das so? Warum kann ein Auto fahren? Warum fällt der Mond nicht vom Himmel? Warum ist die Sonne so heiß?" Statt Musiker hätte ich vielleicht Naturwissenschaftler werden sollen, um dieses ‚Warum?' in einem Labor auszutoben.

Manchmal stelle ich mir auch die Frage, warum ich hier auf der Erde herumlaufe. Wie kommt das? Und wohin soll das führen? Zur Verzweiflung führte mich das allerdings nicht, verleitete mich nicht zum Ausruf des Ödipus „Ach, wär' ich nie geboren!" Ich wusste nichts und staunte. Jetzt staunte ich vor allem darüber, dass Taryn mich so hingerissen hatte. Das war so, als würde man vom Blitz getroffen und fragt sich: „Warum ich?"

Vielleicht war das letztlich auch egal, ob man so etwas wusste oder nicht. Es war so, und es war ja auch sehr schön. Warum sollte ich mich bei Taryn mit der Frage nach dem ‚Warum' quälen? Die Sehnsucht nach Berührung war einfach da so wie die Luft, die man zum Atmen brauchte. Fragte ich etwa bei der Luft: „Warum gibt es dich?" Da wurde das Fragen absurd.

26

Sie erzählte von ihren Konzertreisen und ihrem ersten Auftritt im Görreshaus mit den Rheinischen Philharmonikern.

„Ich war sehr nervös, hätte mich am liebsten versteckt. Eigentlich bin ich sehr schüchtern. Das war schon in der Schule so. Sollte ich Hausaufgaben vorlesen, habe ich mein Heft zugeklappt und den Kopf geschüttelt.

„Kaum zu glauben", bemerkte ich. „Das Foto auf deiner Website vermittelt einen ganz anderen Eindruck." Ich vermied den Begriff ,erotisch'.

„Ach, das!" meinte sie. „Die Idee stammt von meinem Label. Das ist Vermarktung. Aber vielleicht bin ich auch wirklich so. Wer weiß?" Sie lächelte spitzbübisch, strich sich mit der Hand das Haar in den Nacken und ergänzte: „Nein, nein, das hat mit mir nichts zu tun. Mich hat damals die Musik gerettet, sonst würde ich als graue Maus herumlaufen und wäre ganz still."

Als sie gegen Sieben aufstand, um nach Koblenz zu fahren, sagte sie: „Ich halte diese Isolation nicht aus. Ich rechne mit einer Ausgangssperre. Ich würde mich freuen, wenn du mich besuchst. Ich habe ein Gästezimmer. Denk dir nichts dabei. Wir machen Musik gegen diese verdammte Corona-Geschichte. Ich freue mich wirklich, wenn ich mit jemandem reden kann, Gesellschaft habe und nicht nur an diesem blöden Smartphone hänge."

Ich sah sie ungern gehen. Schiller fiel mir ein. „Was du von der Sekunde ausgeschlagen, bringt keine Ewigkeit zurück!"

Als sie die Geige in den Kasten packte, sagte ich: „Du hast dich doch an Schiller moralisch aufgerichtet. Reicht das, wenn wir musizieren?"

Sie wollte gerade den Deckel schließen, hielt inne und fragte: „Was willst du damit sagen?"

„Schiller war ein Rebell. Denk an die Flucht aus Württemberg!"

„Na und?"

„Das Gesundheitsministerium hat heute ein Ebola-Mittel, das nicht zugelassen war, im Eilverfahren durchgewunken. ‚Da ist etwas faul im Staate Dänemark.' Hamlet. Ich will nicht mehr nur Musik machen. Die ganze Corona-Geschichte geht mir auf den Geist. Sie berauben uns unserer Freiheit. Ich werde diese Nacht auf die Straße schreiben ‚Gebt uns das Grundgesetz zurück!' Ich habe noch blaue Farbe. Was die mit uns machen, ist grob verfassungswidrig."

„Du bist verrückt. Erwartest du, dass ich da mitmache?"

„Ja. Du verehrst doch Schiller. Kann ein Kulturvolk, das sich auf ihn beruft, sich alles gefallen lassen?"

„So? Und was soll ich tun?"

„Wache schieben. Wir maskieren uns. Fällt doch zur Zeit nicht auf."

„Du hast einen Knall."

Taryn schloss die Schnallen am Geigenkasten nicht, zögerte, schüttelte den Kopf.

„Was soll das bringen?" fragte sie.

„Moralische Aufrichtigkeit."

„Milan Dragovic, was geht da in dir vor?"

Sie ließ den Geigenkasten offen, schüttelte wieder den Kopf. Dann kam die Frage:

„Wann in der Nacht willst du das machen?"

„Um Zwei."

„Wo?"

„Hier auf der Straße, Bonner Talweg."

„Hmmm. Ich will es mir noch überlegen. Aber mach jetzt wenigstens was zu essen. Ich habe Hunger."

Ich war froh, vorgesorgt zu haben, fragte: „scharf, mittel oder gar nicht?"

„Was gibt es denn?"

„Hähnchenbrustfilet mit grünem Curry."

„Mach es mittelscharf. Was du unter ‚scharf' verstehst, weiß ich ja noch nicht."

Gut gelaunt ging ich in die Küche, machte mich an die Arbeit. Aus den Brustfilets schnitt ich Geschnetzeltes, briet es, was man eigentlich nicht darf, in Olivenöl und gab reichlich Knoblauch und grüne Currypaste dazu. Den Reis kochte ich erst gar, briet in dann ebenfalls in der Pfanne und gab, damit er eine schöne Farbe bekam, Curcumapulver hinzu.

Es schmeckte Taryn vorzüglich, und es war ihr auch nicht zu scharf. Von dem ‚Grauen Burgunder' trank sie aus Vorsicht nur ein Glas. Sie wollte sich die Option offenhalten, zu jeder Zeit in ihr Auto steigen zu können. Ich trank mir etwas mehr Mut an, leerte die Flasche. Ungefährlich war meine Aktion nicht. Wurde ich erwischt, stand ein ruinöses Ordnungsgeld oder noch Schlimmeres bevor. Aber ich fragte mich zum Beispiel, warum ich nicht mehr auf den Tennisplatz gehen durfte und welcher Geisteskranke die dritte Coronabekämpfungsordnung verfügt hatte, die so etwas verbot und unter Strafe stellte. Das war schlicht hirnrissig, nicht mehr zu Zweit Tennis spielen zu dürfen. Da war etwas faul im Staate.

„Willst du das wirklich machen?" vergewisserte Taryn sich, während sie mit Genuss das Walnusseis löffelte.

„Aber ja!" antwortete ich. „Wir sind es Schiller schuldig."

27

Die Zeit bis zum Einbruch der Nacht vertrieben wir uns mit Filme Gucken. Da ich das normale Fernsehprogramm hasste, es war mir zu krimi- und kitschlastig, hatte ich mir im Laufe der Zeit eine DVD-Sammlung zugelegt, die ich mir auf dem Monitor des Computers ansah. Wunderbare Filmklassiker waren darunter. ,Die Frau auf der Brücke', ,Die Geschichte vom weinenden Kamel', ,Lou-Andreas Salomé', ,Geliebte Clara', ,Der

Klavierspieler vom Gare du Nord', ‚Die Poesie des Unendlichen' und ‚Der Liebe verfallen', die Geschichte von Chopin und George Sand.

Taryns erste Wahl fiel auf Chopin und George Sand, die Frau, mit der Chopin seine liebe Mühe und Not gehabt hatte. Sie trug Männerkleidung, Hüte, rauchte Zigarren und scherte sich den Teufel um Konventionen. Mein Lieblingsfilm war ‚Die Frau auf der Brücke'. Im nächtlichen Paris steht eine junge, hübsche Frau an einem Brückengeländer der Seine, will sich umbringen. Ein Mann kommt hinzu und sagt: „Bevor Sie springen, arbeiten Sie lieber für mich. Ich bin Messerwerfer im Zirkus."

Wir sahen uns beide Filme an. Und dann auch noch den über Lou-Andreas Salomé, die angeblich Nietzsche in den Wahnsinn getrieben hatte.

„Nein, nein", bemerkte ich. „Nietzsche war selber schuld."

Taryn sah mich mit ihren meergrünen Augen an. „Es gibt auch Männer, die Frauen in den Wahnsinn treiben können. Ein gewisser Milan Dragovic scheint dazuzugehören. Willst du das wirklich durchziehen mit der Straßenbeschriftung?"

„Aber ja!" antwortete ich. „Es ist kein Risiko für dich. Du passt nur auf, ob sich irgendein Auto nähert oder Licht in einem der Fenster angeht und man mich beobachtet. Ich hab' zwei Pudelmützen, die wir uns über den Kopf ziehen und zwei Schals, die wir uns um Mund und Nase binden. Die ganze Aktion dauert nur ein paar Minuten."

„Und wenn wir auffallen? Was dann?"

„Kein Problem. Ich nehme den Straßenabschnitt, wo die August Bier-Straße in den Bonner Talweg mündet. Da ist ein kleiner Park. Dahinein verschwinden wir."

Mit Schiller hatte ich Taryn bei ihrer moralischen Ehre gepackt. Sie machte mit, schränkte aber ein: „Ich passe nur auf."

Um halb Zwei verkleideten wir uns. Da wir ungefähr die gleiche Größe haben, riet ich Taryn statt des auffälligen Kleides eine meiner Hosen zu tragen und einen schwarzen Anorak anzuziehen. Mit den Schuhen war es auch kein Problem. Sie hatte 42, ich 43. Sie streifte sich blaue Tennisschuhe über die Füße. Als sie das alles angezogen hatte und sich auch die

Pudelmütze über die Haare gezogen und den Schal um Mund und Nase gebunden hatte, betrachtete sie sich im Spiegel und lachte. Ich hatte den Eindruck, dass ihr die Maskerade, dieses kleine Abenteuer gefiel. Endlich präsentierte sie sich mal nicht als die berühmte Taryn O'Brian auf der Bühne, sondern würde als anonyme Delinquentin auf die Straße gehen.

Um zwei Uhr verließen wir die Wohnung, gingen in südlicher Richtung, kamen am ‚Haus der Jugend' vorbei und erreichten kurz darauf die Stelle, wo die August Bier-Straße in den Bonner Talweg mündet. Von da aus waren es nur dreißig Meter bis zu einem Pfad, der in den Park führt. Die Dose mit dem blauen Lack und einen Ringpinsel trug ich offen in der Hand. Die Straße war menschenleer, kein Auto kam, nirgendwo blendete ein Scheinwerfer auf. Die Fenster der Häuser am Rand der Straße waren dunkel. Taryn stand nur ein paar Meter von mir entfernt auf dem Bürgersteig und beobachtete die Umgebung. Ich war mitten auf der Straße, öffnete die Dose, tauchte den Pinsel ein und begann zu schreiben. „Gebt uns das Grundgesetz…" Weiter kam ich nicht. Auf einmal stand Taryn neben mir, nahm mir den Pinsel aus der Hand.

„Du sollst das nicht alleine machen", sagte sie und schrieb ‚zurück!' auf den Asphalt. Niemand hatte uns beobachtet. Die Fenster waren dunkel geblieben. Kein Auto war gekommen. Wir verschwanden in den Park hinein, erreichten die Reuter Straße, dann den Bonner Talweg und kamen in einem weiten Bogen wieder zu meiner Wohnung.

„Und?" fragte ich Taryn. „Wie fühlst du dich jetzt?"

„Gut", sagte sie. „Ich wusste nicht, dass ziviler Ungehorsam schön sein kann."

„Freut mich", bemerkte ich. „Jetzt haben wir Schiller nicht nur gelesen, sondern auch so gehandelt." Ich schränkte das allerdings ein und sagte: „Wenigstens ein bisschen. Eigentlich müsste man sich im Schillerschen Sinne zu der Tat bekennen."

„Untersteh dich!" drohte mir Taryn. „Das reicht."

Gemeinsam leerten wir die zweite Flasche Burgunder.

„Du bist ein Schelm", meinte sie. „Du hast das nur gemacht, damit ich länger bei dir bleibe."

„Nein, nicht nur", widersprach ich. „Aber ich habe nichts dagegen, wenn du bleibst."

In dieser Nacht atmete ich endlich wieder an weiblicher Haut. Beim Frühstück fragte ich Taryn:

„Was machen wir mit unserem begonnenen Widerstand? Reicht uns das private Glück?"

„Nein", meinte sie. „Aber nachts Straßen beschriften, führt nicht weit. Irgendwann erwischen sie uns und dann landen wir im Gefängnis oder sie stecken uns in die Psychiatrie. In Sachsen hat man für Delinquenten schon Zimmer in Irrenhäusern frei gemacht. Auf den Rechtsstaat können wir uns nicht mehr verlassen."

„Auf die Kirche leider auch nicht. Keine Messen mehr. Die Weihwasserkessel sind leer. Kein Priester erhebt das Wort zum Gottvertrauen. Der Papst steht alleine auf dem Petersplatz. Ein apokalyptisches Bild. Die Zukunft wird uns langsam verschlossen. Kein Recht mehr auf Schicksal und Freiheit."

„Doch!" sagte Taryn. „Wir werden deine Frühlingssonate bei Youtube einspielen. Du übernimmst das Klavier, ich die Violine. Die Musik ist eine untergründige Rebellin. Sie wird die Sehnsucht nach Freiheit und Selbstbestimmung wecken. Das ist viel stärker als das Virus."

*

Rüdiger Schneider lebt als Autor in Bad Breisig am Mittelrhein. Veröffentlichung von Romanen und Erzählungen. Publikationen zum Jakobsweg und auch anderen Pilgerwegen u.a. ‚Via Hildegardis'. 1996 Förderpreis zum Literaturpreis Ruhrgebiet. 2000 erschien im Leipziger Militzke-Verlag mit ‚Pandoras Schatten' sein erster Roman.

Website: www.ruediger-schneider.net
Email: mail@ruediger-schneider.net

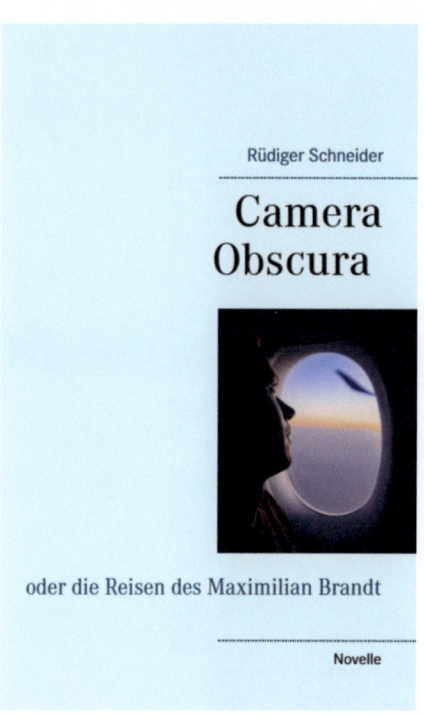

'Camera Obscura oder die Reisen des Maximilian Brandt', Novelle, 96 S., ISBN: 9783750486942

Maximilian Brandt reist um die Welt. Im Gepäck hat er kleine, schwarze Filmdosen, die er als Camera Obscura an ausgesuchten Plätzen unauffällig mit einem Kabelbinder anbringt. Zu Hause in der Dunkelkammer entwickelt er die Fotos, erlebt bei einem Bild eine große Überraschung.

‚Kein Sport für Pianisten', Novelle, 108 S., ISBN: 9783750421462

Adrian Taufenbach spielt fast ausschließlich Chopin. Amor scheint an ihm vorbeigegangen zu sein. Doch dann taucht Céline auf.